U0066081

Asia Jilimpo

陳明仁

台語文學有聲冊

拋荒的故事

第四輯：田庄囡仔紀事

(1書+2CD光碟)

前衛出版
AVANGUARD

《拋荒的故事》

全六輯「友情贊助」

徵信名錄

陳麗君老師　　張淑眞女士　　李林坡先生　　江永源先生

劉俊仁先生　　蔣爲文教授(2套)　　劉建成總經理(2套)

蔡勝雄先生　　郭茂林先生　　陳榮廷先生　　黃阿惠小姐

葉明珠小姐　　陳勝德先生　　王立甫先生　　楊婷鈞小姐

丁連宗先生　　李淑貞小姐　　馮文信先生　　陳新典先生

林鳳雪小姐(6套)　　謝明義先生(20套)　　郭敬恩先生

江清琮先生　　莊麗鳳小姐　　陳豐惠小姐　　王海泉先生

徐炎山總經理　　陳宗智總經理　　倪仁賢董事長

許慧如老師　　簡俊能先生　　李芳枝女士　　許壹郎先生

杜秀元先生　　呂理添先生　　張邦彥副理事長

陳富貴先生　　林綉華女士　　陳煜弦先生　　曾雅禎小姐

楊飛龍先生　　劉祥仁醫師(2套)　　李遠清先生(2套)

林松村先生　　陳雪華小姐　　陸慶福先生　　周定邦先生

陳奕瑋先生　葉文雄先生　黃義忠先生　邱靜雯小姐
徐義鎮先生　褚妏鈺經理　邱秀鈴小姐　蔡文欽先生
謝慧貞小姐　林清祥教授　鄭詩宗醫師　忠義先生
張復聚醫師　陳遠明先生　賴文樹先生　吳富焜博士
王寶根先生　柯巧俐醫師　莊惠平先生　謝樂三先生
王宏源先生　王挺熙先生　蘇柏薰先生　懷仁牙科
陳志瑋先生　洪嘉澤醫師　花致義先生　白正欣先生
林邱秀治女士　李秀鳳小姐　蘇禎山先生(2套)
林麗茹老師　楊典錕先生　蔡松柏先生　邱瑞山先生
陳政崑先生　林本信先生　彭鴻森先生　張賜勇先生
黃麗美小姐　梁燉煌先生　高寶鳳小姐　李文三先生
戴振宏先生　呂明哲先生　李永裕先生　郭峰月女士
黃耀明先生　林鐵城先生　余明道先生　彭森俊先生
林秀清先生　陳福當老師　蔣日盈老師　陳義弘先生
許文彥先生　劉政吉先生　黃玲玲老師　王樺岳先生
蔡彰雅先生　程永和先生　台發國際有限公司
巫凱琳小姐　江淑慧小姐　王春義先生　呂祥雲女士
鄭宗在先生　吳宜靜小姐　徐瑤瑤小姐　羅惠玲小姐
許錦榮先生　黃永駿先生　王朝明先生　林明禮先生
林俊宏董事長　邱文錫先生(10套)　戴瑞民先生
林昭明先生　曾秋富先生　姜佳雄先生　馬勝隆先生
汪嘉原先生　勤拓行　張珍珍女士　張星聚醫師
張文震先生　張渭震醫師　施永和先生　張蘋女士

鄭嘉勝先生　鄭佳毓先生　藍春瑞老師　林美麗小姐
洪媛麗小姐　蔡詠淯先生　洪健斌先生　林裕凱先生
林正雄先生　黃士玲小姐　謝惠貞小姐　簡秋榮先生
蕭平治老師(2套)　陳慕眞小姐　許立昌先生
呂興昌老師　許正輝先生　柯柏榮先生　楊允言老師
梁君慈小姐　陳文傑先生　杜美玉小姐　劉夏荷小姐
溫麗嬌女士(10套)　李智貴先生(10套)　丁文祺先生(20套)
陳清連總經理　周柏雅副議長　蘇壽惠女士
林冠男女士　陳宣霖先生　王雅萍老師　蔡美芳老師
鄭吉棠老師　張木金先生　潘明貴先生　許月霞女士
周妙珍女士　陳碧璉小姐　郭金生先生　孫基興先生
劉鐘堆先生　盧繼寶校長　郭松茂先生　林輝亮先生
Purarey Ayam先生　陳忠信總經理　周眉均小姐(2套)
曾千綺小姐　陳秀卿老師　蔡素珠小姐　劉明智先生
黃豐迅老師　陳雪珠老師　蕭曉晴小姐　阮百靈先生
莊士賢老師　江裕宗先生　林怡慧老師　陳裕星先生
陳月妙教授　林瑩碧小姐　陳碧華小姐　宋宜蓁老師
嘉義市崇文街黃月娥女士　陳寶珠老師　郭峰嘉先生
簡明文先生(6套)　鄭國皇董事長　林燦猛總經理
曹賜成先生　陳英相先生　陳玉助先生　陳信宏先生

感　謝！

(贊助名單至 2013 年 10 月 4 日止)

徵求2300位(台灣人口萬分之一)
開先鋒、擎頭旗的
本土有心有緣人士!

◎「友情贊助」預約全六輯3000元

※大名寶號刊登各輯書前「友情贊助名錄」，
　永遠歷史留名。

※立即行動：送王育德博士演講CD1片
　+Freddy、張鈞甯主演《南方紀事之浮世光
　影》絕版電影書1本(含MP3音樂光碟)

目次 _____

第四輯：田庄囡仔紀事

桌頭按語 /雷仔火

一、本冊：《拋荒的故事》，前身爲台文作家 Asia Jilimpo (陳明仁)所寫「教羅漢字版」台語散文故事集《Pha 荒 ê 故事》，改寫爲「台羅漢字版」(書後仍附陳明仁教羅漢字版原著文本，已有台語文閱讀基礎者可直接閱讀)，以故事屬性分輯，配有聲冊型式再出版。分輯篇目請見書後所附《拋荒的故事》有聲出版計畫表。

二、本冊所用台語羅馬字音標符號，依據教育部所公佈之「台灣閩南語羅馬字拼音方案」(簡稱台羅拼音)。其音標標記符號，請參酌書末所附「台灣羅馬字音標符號及例字」，應該是幾小時內就可以學會。

三、本冊所用台語漢字，主要依據教育部「台灣閩南語常用詞辭典」用字，僅有極少部

分不明確或有爭議的台音漢字，仍以羅馬字先行標寫，完全不妨礙閱讀連貫性。至於其「正字」或「本字」，期待方家、學者有以教正。

四、本冊顧慮到多數台語文初學者易於進入情況，凡每篇第一次出現的「台語生字」，都盡可能在行文當頁下方標註羅馬音標及中文註解，字音字義對照，一目瞭然。

五、本冊爲「漢羅台語文學」，閱讀先決條件是：1.用台灣話思考；2.學會羅馬字音標。已經定型習慣華文的讀者，初學或許會格格不入，但只要會聽、講台語，腦筋轉一下，反覆拿捏體會練習，自然迎刃而解。

六、本冊另精心製作有聲 CD，用口白唸讀及精緻配樂型態呈現台語文學境界，其口白唸讀和文本文字都一音一字精準對應，初學者可資對照學習。但即使不看文本，光是聽 CD，也可以充分感覺台語的美氣，台灣的鄉土味、人情味，農村社會的在地情景，以及用文學表現出來的故事性、趣味性，的確是一種台語人無比的會心享受。

　　七、「台語文學」在我們台灣，算是制式教育及主流文壇制約、排擠、蔑視下的純自覺、自發性本土文化智慧產物(你要視為是一種抵抗體制的反彈，那也有十足的道理)。好在我們已有不少前行代台語文作家屈身帶頭起行了，而且已經有相當可觀的作品成績，只是我們尚未發覺，或根本不想進入罷了，這是極為可惜的事。

　　八、身為一位長年在華文字堆打滾的台灣編輯匠，如今能「讀得到」我們阿公、阿媽、老爸、老母教給我們的家庭、社會話語，能「聽得到」用我們台灣母土語言寫出來的書面文字，實感身心暢快，腦門清明，親近、貼切又實在。也寄語台灣人，台語復興、台文開創運動的時代已經來了，你就是先知先覺的那一位。

　　其實台語、台文並不困難，開始說、讀、寫就是了。阿門，阿彌陀佛。

Pha-hng ê Kòo-sū

《拋荒的故事》

第四輯：田庄囡仔紀事

原著／Asia Jilimpo (陳明仁)

漢字改寫／蔡詠淯

中文註解／蔡詠淯　陳豐惠　陳明仁

插畫／林振生

(台羅漢字版)

作者畫像素描

加話幾句

陳明仁

第四輯收 ê 六篇，lóng 是 gín 仔 ê 觀點故事，用 gín 仔看大人 ê 行做(kiâⁿ-tsuè)，會 hōo 人無 kāng ê 思考。

〈沿路搜揣囡仔時〉是 khah 早寫 ê 作品，phīng 別篇 khah 長，想 beh 前半篇用台語文寫光景，後半段用台文講感情，koh 現代 kap 回想自然交 tshop，製造浪漫 ê 氣味，這篇是上 hōo 一般 ê 國中小老師歡迎--ê，講 ê 景是實--ê，m̄-koh 故事 ê 情是編--ê，安排述事 ê 效果，女主角是我國小二年級 ê 同學，in 老 pē 是警察，m̄ 知調去 toh 位，tsiah 搬走--ê。

〈飼牛囡仔普水雞仔度〉，「普水雞仔度」是做 gín-á 聽--著 ê 地方俗諺，為 beh 介紹這句，專工編這個古。

〈抾稻仔穗〉kap〈甘蔗園記事〉，目的
beh kā 農村上重要的產物「稻 á kap 甘蔗」ê 生
產過程用文字記--落-來，hōo 這時 ê 人 thang 知
影人力 kap 獸力 hōo 機械取代前 ê 艱苦，爲 beh
hōo 人肯讀，tsiah koh kah 一段故事，「甘蔗園
記事」，音樂監製雅玲小姐主張 ài 南台灣傳
統七字 á 唸歌，專工拜託好朋友鄭美女士來演
出，義務 koh 費神，誠有朋友情，mā 用行爲展
現支持台語文學 ê 立場。

〈十姊妹記事〉是我 gín-á 時 ê 記 tî，眞相
啥款，我 hit 時 iáu 細漢，無眞知，用合理 ê 推
理來解答這個社會事件。

〈來去掠走馬仔〉是一篇眞有想法 ê 安
排，古早庄 kha tsa-bóo 人無社交，tsih 接 lóng 是
kāng 庄 ê 厝邊隔壁，無簡單交著朋友，感情珍
貴，若男性 ê 朋友相 tshuē，大 sù-ki-á 來拜訪，
koh 會辦桌宴請，女性 ê 朋友來，bih tī 灶 kha，
tàu hiân 火開講，我 kan-taⁿ 想 beh kā tàu long 草 in
nà 開講 hit 幕留做影像 niâ，這篇專工 kā 感情縮
--起-來，liâu-liâu 講，用平靜 ê 氣氛創作一種效

果。

　　感謝允言這個算是前輩 ê 老朋友，mā 請第二代 ê 台文學生，這時變學者 ê 慕眞推薦，記念兩代 ê 台文學生運動。

　　〈沿路搜揣囡仔時〉有一個錯誤，連我 ka-tī mā 無想--著，出版 ê 頭家文欽兄指出，主角生日是咱人 3 月 14，星 bē 光，我爲 beh 順文氣，寫「星眞光，ná 天頂有眞 tsē 支手電á」，確實錯誤，m̄-koh 我無想 beh 修改，顯示本人無知 kap 固執。

　　瑞銘兄 ta̍k 期 ê 推荐上好讀，請斟酌！

　　感謝 tàu 相 kāng ê 朋友 kap 讀者！✍

《拋荒的故事》第四輯 「田庄囡仔紀事」導讀

回不去童年的台灣

廖瑞銘

中山醫學大學台灣語文學系教授
兼通識教育中心主任

　　歷史、童年之所以迷人、可愛，除了時空距離產生的美感外，更大的一個原因是她「回不去了」。時間不斷地向前，一直有新生事物，表面上看起來，社會是向前進步，尤其是物質生活，好像每樣都比以前享受。可是，在精神上、感情上，我們都會習慣性感覺過去的比較好，「人心不古」的話時常掛在嘴邊，初戀會深植心底，古早味比較好吃，古董比較值錢。

　　陳明仁的《拋荒的故事》，說的都是台灣

五、六〇年代農村的故事，尤其大都是降到兒童的高度來「敘舊」，用兒童的角度來描寫農村的景色、生活，不同族群、不同貧富階級間的和諧相處，格外具有說服力，所散發的趣味也就加倍發酵、深刻。更難得的是作者巧妙地運用電影溶入、溶出的技法，讓回憶的畫面在不知不覺中與眼前的景色交互出現，不但情景交溶，連時空界線也模糊了。

用電影溶入、溶出的技法回憶兒時

〈沿路搜揣囡仔時〉整篇就是雋永的散文，情節轉折很少，畫面卻很豐富。文中的「我」在北部看到舊電影有感，立刻坐火車回彰化二林故鄉，轉客運車在庄外街道下車，然後沿著鄉村小路，一路走回家。將路上所見、所想交互描寫下來，就像一部記錄兒時如詩如畫的短片。

走到大崙再過去的 phòng-phuh 寮仔，看到出水口的鐵管，鏡頭就溶入小時候的夏天，

中午放學回家吃中飯，路過這裡，洗臉、喝幾口水消暑止渴的情景。然後，鏡頭立刻又拉回來當下，說因為稻田改種「金香」葡萄，寮仔沒出水，這兩年，公賣局廢止契作，葡萄園荒廢，眼前景物已經完全改變了。

接著，看到路面改成柏油路，找不到牛車溝的痕跡，耳際卻響起載甘蔗牛車的赤牛掛的鈴噹聲，用聲音溶入兒時偷抽甘蔗來吃的惡作劇畫面。從牛車說到「牛屎崎」地名的由來。進入村子裡，看到刺竹仔，又說到竹子跟台灣農村生活的關係，像「竹圍á」、「竹管(kóng)á厝」、刺竹筍湯、用電塗的到竹林裡抓老鼠（聽說是平埔族留下來的技術）回家煮。

穿過竹林，有分叉路，一條沿溝邊繞到村外，兒時在溝底可以摸蜊仔、抓泥鰍、塗虱。另外一條，沿路有鳳凰樹，樹上有烏鶖、燕子。如今當然景物全改變了，刺竹大都換成麻竹，燕子少了，換成電線桿上的麻雀，沿路的水溝很難得有水，更不用說有魚可以抓。

老家翻修成磚房，兩側廂房拆了，苦楝樹

早就砍掉，兒時記憶也被埋在水泥地下。到這裡才談到老家後面圳溝另一頭那一戶有圍牆的大戶人家。這戶人家，上一代就識字，做過鎮民代表，有二個兒子在美國唸書，就留在那裡，沒回來。另外有一個最小的女兒，國小時，與「我」同班過。因此，引出「我」跟這個富家小姐的一段故事。那位小姐曾經用一枝新鉛筆、後來又外加牽她的小手換得「我」的第一名獎品。又有一個週末，那位小姐邀請「我」去她家慶祝生日。「我」的媽媽特別為他準備一套「禮服」去赴宴。藉此，也描述了這大戶人家的內部以及宴會細節。飯後，女主人包雞腿與三層肉給「我」，富家小姐拿手電筒沿圍牆邊的田埂，一路牽手，享受夜間農村景色，陪「我」回家。升國四，富家小姐全家移民去美國，結束這段淡淡的初戀。這個回憶的方式好像電影《新天堂樂園》的男主角回鄉在電影院廢墟中回憶童年一樣。

台灣農村社會經濟史話

　　這一輯收入的主題表面上是兒時記趣，不過卻藉機記載了台灣農村的經濟生活實況，像割稻子、剉甘蔗，側寫了台灣的米糖經濟史。也寫一則農村詐騙事件，算是地下經濟實錄。

　　〈抾稻仔穗〉從米勒的世界名畫開始引起話題，講台灣農村唯一的收入來源是每年兩季稻子的收成，割稻收成是採用聯合互助——台灣話叫「相放伴」——的形式進行。其次說到稻草在農村所扮演的角色很重要，舉凡蓋屋頂、做草繩、當柴火燒。將餵養台灣人世世代代的米糧經濟，從割稻到碾米廠，完整的過程記錄下來，讓我們看到農人的辛苦，也見識整個台灣稻作的生活文化史。講完這麼長的開場之後，才開始進入故事。

　　〈甘蔗園記事〉從台灣的甘蔗經濟史談起，說彰化平原最主要的農作物是稻子跟甘蔗，從日治時期開始種甘蔗，當時民間流傳

一句「第一 gōng，插甘蔗 hō 會社磅」，可以知道日本殖民政府對蔗農的剝削之嚴重，也因此釀成1925年台灣歷史上有名的「二林蔗農事件」。接著談「我」讀國小時跟同學去甘蔗園裡偷剉甘蔗來吃的事。再詳細記錄甘蔗收成的過程，從剉甘蔗頭、剁蔗尾、lân 蔗根、「修蔗根」，最後用草繩將整堆甘蔗綑一起，搬到牛車上，拖到有糖廠五分仔火車經過的鐵路邊，運去製糖會社。這篇記事最後還揭露在甘蔗園中有人聚賭的案件，也應該屬於一種地下經濟活動。

〈十姊妹記事〉是講另一種地下經濟，是農村社會的詐騙集團的故事。

先是講到當時經濟生活的困境，沒有經過那種生活經驗的人是很難理解當時社會狀況的價值觀。故事是發生在「我」六歲的時候，1960年代初，「我」的三叔做過很多生意都沒有成功，直到有一天，一個不是很熟的朋友來找他，宣傳養十姊妹賺錢的福音，他開始釘鳥籠，說要養十姊妹。

　　說可以買幼鳥來養，養到成鳥後再高價賣出去給日本人。一時間，全村的人開始瘋狂流行養鳥。不但要買幼鳥，而且要用特定的飼料。經過幾次設計，最後一次，那個養鳥公司居然可以在村子裡總共收到近二十萬元。後然，三個月後，就找不到那家公司的人，鳥也不知道要賣給誰。

　　原來這種詐騙新聞並不是今天才有。不過，在那個年代這種新聞算是天大地大的事，農村內部基本上是非常純樸的。

靠普度、加菜改善日常飲食

　　台灣早期農村的家庭飲食簡單，營養油膩不足是很普遍的情況，每每要靠過年過節或巧立名目加菜，才可以吃一頓豐盛的正餐。像〈沿路搜擽囡仔時〉中，「我」參加富家女孩的生日宴後，女主人包雞腿與三層肉給他帶回家，就是額外的加菜；〈飼牛囡仔普水雞仔度〉裡頭的放牛小孩，到田裡去抓青蛙來野餐

煮食；〈來去掠走馬仔〉母子一起到海邊捉走馬á回家補充油脂。這些都是台灣人物質缺乏年代的飲食實況。

〈飼牛囝仔普水雞仔度〉講一群小孩子為了掩飾偷摘蕃茄，跟父母撒的謊言，竟然會被當真，形成小村莊獨有的拜拜習俗，其實某種程度反映台灣人是如何巧立名目加菜，後來更將「普水雞á度」當成一句請客時謙稱飯菜豐盛的客氣話，也看到台灣農村人家的純樸民風。

〈來去掠走馬仔〉從台灣人吃的觀念跟外國人不同開始說起，說到台灣人要的三餐飲食文化，食物要煮熟，注重調味。鄉下人三餐必須「有菜無鹹」，所講的菜，就是菜蔬、青菜，魚跟肉這種好料的稀罕食物才叫做鹹。再講到一般家庭的油脂都不夠，必須要額外補充。像「我」的故鄉二林這個地方，就有人走很遠的路到海邊去抓一種小隻的毛蟹，叫做走馬仔，某種程度反映了當時農村的貧窮。

農村社會的人情純樸與族群互助

〈抾稻仔穗〉中，當大家發現阿榮能比一般人撿拾更多的稻穗，是阿英偷漏給他的，並沒有多責怪他或阿英。雖然後來阿英沒再去割稻掩護，仍然有人掩護阿榮，讓他多撿一些。因為村裡的人純樸、善良，體諒阿榮的家境──母親長年臥病在床，爸爸在外地當礦工，底下又有兩個妹妹，都睜一隻眼，閉一隻眼，暗中幫忙他。

〈來去掠走馬仔〉中，跟「我」母子在海邊捉走馬á認識的那位阿姨，家裡也不好過，丈夫跑遠洋漁船，竟然在南非港口遭到搶劫身亡。令「我」印象深刻的是兩位婦人蹲在廚房談家庭心事，看到農村居民間互相扶持談心的情誼。

另外，在那拋荒的年代，農村裡各個族群的經濟情況都不好，反而是和諧相處的條件，阿仁的故事中就時常透露出當時福佬人與客家

人和諧相處的畫面，像：〈飼牛囡仔普水雞仔
度〉裡，「我」的放牛伴有客家朋友阿朋與阿
潤。〈抾稻仔穗〉中大家相放伴割稻子，客家
人阿水雄家也參加在內，阿榮領軍的「Khioh
稻á穗」班，客家人阿朋、客家阿妹仔也一起
行動。〈十姊妹記事〉中，「我」的童年玩
伴，包括客家囡仔阿朋、阿潤，都好奇來看
「我」養的鳥。

　　這種族群和諧的情形，今天還有嗎？

農村兒童的生活情趣

　　早期農村物質缺乏的年代，兒童沒有今天
各式各樣的電動玩具及遊樂設施，只有利用農
村現有的自然事物，盡量寓樂於工作，像「放
牛」這件事。

　　其實，放牛對小孩子來說是一件很好玩的
事，不但輕鬆有趣，而且可以藉機會和同村的
鄰居玩伴一起玩。最常玩的遊戲是偷挖番藷炕
窯、騎牛相戰，有時候會採野菜、樹葉，玩煮

東西、辦家家酒的遊戲。〈飼牛囝仔普水雞仔度〉裡這樣描寫牧童的生活：

騎佇牛頂，沿路攏是青 ling-ling，蓮蕉紅花青葉嬌滴滴，予風弄甲勾頭酥腰。粟鳥仔順牛車溝路跳 sán-tshíng，看牛行倚--來，也袂驚，等牛跤欲到--矣才飛--起-來，綴阮後壁 tsiuh-tsiuh 叫。我規氣騎佇牛的尻脊骿，據在伊拖，看紺的天頂有幾蕊雲泅--過，喙--裡那哼牛犁仔歌。

這種情趣，對現代兒童來說簡直是神仙般的生活畫面。

文學技巧之外

最後想要再重複的是，陳明仁的「拋荒的故事」系列，跟他其餘的台語文學作品，都透露出他創作的終極目的，不是展現個人的文學才情，他最關心的還是找尋台灣人的價值觀，建立台灣人的文化主體性。運用各式各樣的文學技巧，為的是要傳承保存台灣人的母語、台

灣人的形象及台灣人的生活歷史文化。雖然歷史與童年都「回不去」了，不過，用母語的形式在耳際不斷迴繞，或許可以一代又一代地提醒——台灣人曾經那麼迷人。

沿路搜揣[1]囡仔時[2]

　　電視看著[3]一齣舊電影，叫做『青青河畔草』，是咧[4]講囡仔[5]的戀愛故事，閣[6]有美麗的田園景緻，我雄雄[7]去想著故鄉的光景佮[8]囡仔時代彼[9]段毋[10]知欲按怎[11]講起的感情，臨時臨

1　搜揣: tshiau-tshuē, 搜索、搜尋。
2　囡仔時: gín-á-sî, 小時候。
3　看著: khuànn-tiòh, 看到。著: tiòh, 到, 動詞補語, 表示動作之結果。
4　咧: leh, 正...、...著, 表示進行中。
5　囡仔: gín-á, 小孩子。
6　閣: koh, 還、又、再加上。
7　雄雄: hiông-hiông, 突然間、猛然、驀地。
8　佮: kap, 和、與。
9　彼: hit, 那。
10　毋: m̄, 否定詞。
11　按怎: án-tsuánn, 怎麼樣。

iāu[12] 就去拆一張落南[13]的火車單[14]，轉去[15]故鄉
搜揣我的囡仔時。

　　盤[16]員林客運到阮[17]庄外的街仔都欲[18]下
晡[19]四點--矣[20]，佇[21]車牌仔邊買一个[22]嗀仔
炱[23]佮兩塊糍粿，那行那[24]食，感覺無囡仔時
遐[25]好食，嗀仔炱煞[26]無摻蚵仔[27]，干焦[28]韭

---

[12] 臨時臨 iāu：lîm-sî-lîm-iāu，一時之間。

[13] 落南：lóh-lâm，南下。

[14] 拆單：thiah-tuann，買票。

[15] 轉去：tńg-khì，回去。

[16] 盤：puânn，轉乘、轉車。

[17] 阮：guán，我們，不包括聽話者；我的，第一人稱所有
格。

[18] 欲：beh，將要、快要。

[19] 下晡：e-poo，下午。

[20] --矣：--ah，語尾助詞，表示完成或新事實發生。

[21] 佇：tī，在。

[22] 个：ê，個。

[23] 嗀仔炱：khok-á-te，一種小吃，加入韭菜、豆芽菜、牡
蠣等，裹上麵粉漿油炸而成。

[24] 那……那……：ná…… ná……，一邊……一邊……。

[25] 遐：hiah，那麼。

[26] 煞：suah，竟然。

茱 niâ²⁹。過水 tshiāng³⁰，對³¹大崙³²閣³³行成³⁴百步，就有一个 phòng-phuh³⁵ 寮仔³⁶，出水口的鐵管眞大空³⁷，抽--出-來的水大港³⁸，白鑠鑠³⁹。

熱--人⁴⁰，對學校欲⁴¹轉去厝--裡⁴²食晝⁴³，走甲⁴⁴規⁴⁵身軀汗，到遮⁴⁶就眞歡喜，先戽⁴⁷水

27　蚵仔：ô-á, 牡蠣。

28　干焦：kan-tann, 只有、僅僅。

29　niâ：而已。

30　水 tshiāng：tsúi-tshiāng, 水閘。

31　對：ùi, 向；從、由。

32　崙：lūn, 丘陵、山崗、山丘。

33　閣：koh, 又、再、還。

34　成：tsiânn, 將近、約。

35　phòng-phuh：幫浦。

36　寮仔：liâu-á, 小寮屋、工棚、窩棚。

37　空：khang, 孔洞。

38　港：káng, 量詞, 水流；氣流。

39　白鑠鑠：pe̍h-siak-siak, 白曠曠、白晃晃、閃閃發亮。

40　熱 -- 人：jua̍h--lâng, 夏天。

41　欲：beh, 要、想, 表示意願。

42　厝 -- 裡：tshù--nih, 家裡。

43　食晝：tsia̍h-tàu, 吃午飯。

44　甲：kah, 到, 到……的程度。

45　規：kui, 整個。

洗面洗頷頸[48]，才閣啉[49]幾喙仔[50]止喙焦[51]，清涼的水透心脾。這時，我糋料[52]食甲眞燥，寮仔猶[53]佇--咧[54]，毋過[55]無咧抽水，也就免啉--矣。寮仔邊的田無咧播，改做種葡萄的園，當然就免 phuànn 水[56]。這兩年，公賣局改組做公司，葡萄用進口--的，廢止種作的契約，葡萄嘛[57]廢--矣，規遍[58]園 khē[59] 咧荒。這款[60]激酒[61]

46　遮：tsia，這裡。

47　戽：hòo，潑水。

48　頷頸：ām-kún，脖子。

49　啉：lim，喝、飲。

50　幾喙仔：kuí tshuì-á，幾口。

51　喙焦：tshuì-ta，口渴。

52　糋料：tsìnn-liāu，油炸食物。

53　猶：iáu，還。

54　佇 -- 咧：tī--leh，在。

55　毋過：m̄-koh，不過、但是。

56　phuànn 水；phuànn-tsuí，水田進水。

57　嘛：mā，也。

58　規遍：kui phiàn，整片。

59　khē：放。

60　這款：tsit khuán，這種。

61　激酒：kik-tsiú，釀酒。

的葡萄，自做囡仔時代，阮兜[62]厝後就種兩欉[63]，青葡萄到欲熟就反黃[64]，日頭光[65]炤[66]--著會通光[67]，食--起-來真甜。我問阿爸講這款葡萄是啥物[68]種，伊[69]講是「Goo-lú-lián」，我記音毋知意思，一直到會曉[70]寡[71]英語佮日語了後[72]，才知是「Golden」的日語發音，應該是「Goruden」，公賣局大量契作，改名做「金香」葡萄。

順 phòng-phuh 寮仔到阮庄--裡，規路攏[73]全

---

[62] 兜：tau，家。

[63] 欉：tsâng，量詞，棵。

[64] 反黃：huán- n̂g，變成黃的。

[65] 日頭光：jit-thâu-kng，陽光。

[66] 炤：tshiō，照射、映照。

[67] 通光：thang-kng，透光、透亮、透明。

[68] 啥物：siánn-mih，什麼。

[69] 伊：i，他、她、牠、它，第三人稱單數代名詞。

[70] 會曉：ē-hiáu，知道、懂得。

[71] 寡：kuá，一些、若干。

[72] 了後：liáu-āu，之後。

[73] 攏：lóng，都。

是廢荒的園仔，好著遐的[74]蝶仔、鳥仔，自由
飛佇枝葉的空縫。路面鞏[75]打馬膠[76]，揣[77]無早
時[78]牛車溝的痕跡，捙[79]甘蔗的赤牛仔[80]掛的玲
瑯仔[81]猶佇我記智[82]內咧響。阮上[83]興[84]綴[85]牛車
後行，駛牛車--的知阮囡仔的心情，攏會佯[86]
無看--見，甘蔗予[87]阮偷抽去食，有一改[88]，客
人囡仔阿朋(phông)仔大心肝，共[89]人落[90]規把，

---

74 遐的：hiah-ê，那些。

75 鞏：khōng，鋪、敷、灌水泥等使堅固。

76 打馬膠：tánn-má-ka，柏油、瀝青。

77 揣：tshuē，找、尋找。

78 早時：tsá-sî，早年、昔日。

79 捙：tshia，以車子搬運東西。

80 赤牛仔：tshiah-gû-á，黃牛。

81 玲瑯仔：lin-long-á，鈴鐺。

82 記智：kì-tì，記憶、記性。

83 上：siōng，最。

84 興：hìng，喜好、喜歡、愛好。

85 綴：tuè，跟、隨。

86 佯：tìnn，假裝。

87 予：hōo，被；讓。

88 改：kái，計算次數的單位。

89 共：kā，給。

載甘蔗--的落來[91]共[92]罵，了後抽一枝予--伊，賰[93]--的囥[94]轉--去。若有回頭空車，阮會 peh[95] 起 lih[96] 坐，規陣[97]囡仔放予牛拖。

　　水 tshiāng 邊彼座橋，欲起的路真崎[98]，車若載傷[99]重就真出力才控[100]會起，有的牛侟力[101]煞滲屎[102]，崎[103]頂牛屎特別濟[104]，台灣有真濟所在[105]，攏叫做「牛屎崎」。阮若看著載

90　落：làu, 拉出。
91　落來：lóh-lâi, 下來。
92　共：kā, 把、將。
93　賰：tshun, 剩下。
94　囥：khǹg, 放置。
95　peh：攀登。
96　起 lih：khí-lih, 上去。
97　陣：tīn, 群。
98　崎：kiā, 陡峭。
99　傷：siunn, 太、過於。
100　控：khàng, 奮力爬。
101　侟力：tìnn-la̍t, 用力、使勁。
102　滲屎：siàm-sái, 遺便。
103　崎：kiā, 斜坡。
104　濟：tsē, 可數的多。
105　所在：sóo-tsāi, 地方。

重的牛車欲 peh 崎，攏會自動去鬥[106]捒[107]，共牛鬥贊[108]一下力。

欲入庄就會看著攏是刺竹仔，這庄的四箍輾轉[109]攏是刺竹仔，共庄頭包餡挾[110]佇中央，台灣有這款的庄就叫做「竹圍仔」，這庄嘛是。刺竹仔有真濟利用，早時就取較粗的竹仔來起厝，就是「竹管仔厝[111]」。刺竹筍煮湯免濫[112]味素就真甜。散 tsiah[113] 的年代，欠肉料油臊[114]，較閒的暗暝仔時[115]，阮阿叔會用箠仔[116]

---

106 鬥: tàu, 幫忙。

107 捒: sak, 推、推動。

108 贊: tsàn, 贊助、助力。

109 四箍輾轉: sì-khoo-liàn-tńg, 四旁、周圍、四周。

110 挾: giap, ngeh, 夾緊、夾住。

111 竹管仔厝: tik-kóng-á-tshù, 利用麻竹或刺竹的竹幹當作建築住屋牆壁的骨架，外層再敷以泥土所造成的傳統房子。

112 濫: lām, 參雜、混合。

113 散 tsiah: sàn-tsiah, 貧困。

114 油臊: iû-tsho, 油腥、葷腥。

115 暗暝仔時: àm-mî-á-sî, 晚上。

116 箠仔: tshuê-á, 小棍子、竹鞭。

鬥[117]磨尖的粗鉛線節，製造一枝戮鑽[118]，用電塗[119]的 ba-té-lih[120] 炤路，專工[121]去竹林戮[122]鳥鼠[123]。鳥鼠目予 ba-té-lih 炤--著，煞愕--去，戮鑽就戮--落，真準，這手工夫應該是平埔留--落-來-的。厝--裡的查某[124]--的早就燒水攢[125]咧等，共鳥鼠剝皮、刣[126]洗好勢[127]，落鼎[128]免半點鐘[129]就熟，肉真鮮甜。聽講食鳥鼠仔肉袂使[130]閣食李仔，若無[131]，會大頦脛[132]，無人試

---

[117] 鬥：tàu, 銜接、組合。

[118] 戮鑽：lak-tsǹg, 連接竹竿的鑽子。

[119] 電塗：tiān-thôo, 電石。

[120] ba-té-lih：電池。

[121] 專工：tsuan-kang, 特地、專程。

[122] 戮：lak, 鑽。

[123] 鳥鼠：niáu-tshí, 老鼠。

[124] 查某：tsa-bóo, 女性。

[125] 攢：tshuân, 準備。

[126] 刣：thâi, 殺。

[127] 好勢：hó-sè, 妥當。

[128] 落鼎：lòh-tiánn, 下鍋。

[129] 點鐘：tiám-tsing, 小時、鐘頭。

[130] 袂使：bē-sái, 不可以。

[131] 若無：nā-bô, 否則、不然。

--過，毋過阮無憢疑[133]--過。

　　軁[134]過刺竹林路仔到遮分雙叉，一條沿溝墘[135]踅[136]庄外，對塚仔埔[137]過，溝仔底蜊仔[138]眞厚[139]，捾[140]一跤[141]銅管仔[142]清彩[143]摸一睏[144]就滇[145]滇，氣運較好，閣會抾[146]著鰗鰡[147]抑是[148]摂[149]著塗虱[150]。另外一條是入庄內的路，

---

[132] 大頷胿：tuā-ām-kui, 甲狀腺腫大。

[133] 憢疑：giâu-gî, 猜疑。

[134] 軁：nǹg, 穿；鑽進或鑽出。

[135] 墘：kînn, 邊緣。

[136] 踅：sèh, 繞。

[137] 塚仔埔：thióng-á-poo, 亂葬崗。

[138] 蜊仔：lâ-á, 蜆、蛤蜊。

[139] 厚：kāu, 指抽象或不可數的「多」。

[140] 捾：kuānn, 提、拎。

[141] 跤：kha, 只。計算鞋子、戒指、皮箱等物的單位。

[142] 銅管仔：tâng-kóng-á, 鐵罐子。

[143] 清彩：tshìn-tshái, 隨便。

[144] 一睏：tsit-khùn, 一會兒、一下子。

[145] 滇：tīnn, 滿、盈滿。

[146] 抾：khioh, 拾取、撿取。

[147] 鰗鰡：hôo-liu, 泥鰍。

[148] 抑是：iah-sī, 或是。

沿路有鳳凰樹，當[151]開的時，比火較炎的紅，
會予人心肝燒 lòh[152]。烏喙筆仔[153]佮烏鶖[154]敢[155]
是全[156]桃仔內[157]的叔伯兄弟[158]，定定[159]會鬥
陣[160]耍[161]，合唱「烏鶖 kàh-kàh-kiùh[162]」。我較
愛燕仔，尾溜[163]袂輸[164]是用鉸刀[165]剪--的，開
叉的線條眞直，西方人愛穿「燕尾服」，我感

---

[149] 撏：jîm, 摸出；掏。

[150] 塗虱：thôo-sat, 小鯰魚。

[151] 當：tng, 正值、正逢。

[152] 燒 lòh：sio-lòh, 暖和。

[153] 烏喙筆仔：oo-tshuì-pit-á, 斑文鳥。

[154] 烏鶖：oo-tshiu, 大卷尾。

[155] 敢：kám, 疑問副詞，提問問句。

[156] 仝：kāng, 相同。

[157] 桃仔內：thiāu-á-lāi, 宗親、近親、族內。

[158] 叔伯兄弟：tsik-peh-hiann-tī, 堂兄弟。

[159] 定定：tiānn-tiānn, 常常。

[160] 鬥陣：tàu-tīn, 一起、結伴、偕同。

[161] 耍：sńg, 玩耍。

[162] kàh-kàh-kiùh：軋軋作響。

[163] 尾溜：bé-liu, 尾端、尾巴。

[164] 袂輸：bē-su, 好比、好像。

[165] 鉸刀：ka-to, 剪刀。

覺燕仔是穿插[166]眞紳士的鳥仔。便若[167]欲暗仔
時[168]，會佇厝前砛簷跤[169]吼叫，佮日婆[170]掩咯
雞[171]飛相逐[172]。

　　這時，規庄刺竹仔無幾 bôo[173]，爲欲取筍
仔，專工種的麻竹顚倒[174]有較濟。燕仔敢若[175]
足[176]久就罕得[177]來陪綴[178]--矣，賭一寡無路無
厝的粟鳥仔[179]守佇電火線[180]頂，看這齣農村變

---

[166]　穿插: tshīng-tshah, 穿著。

[167]　便若: piān-nā, 凡是。

[168]　欲暗仔時: beh-àm-á-sî, 傍晚。

[169]　砛簷跤: gîm-tsînn-kha, 房簷下。

[170]　日婆: jit-pô, 蝙蝠。

[171]　掩咯雞: am-kok-ke, 捉迷藏。

[172]　逐: jiok, 追趕。

[173]　bôo: 計算叢生植物的單位。

[174]　顚倒: tian-tò, 反而。

[175]　敢若: kánn-ná, 好像。

[176]　足: tsiok, 非常。

[177]　罕得: hán-tit, 難得、少有。

[178]　陪綴: puê-tuè, 交際往來。

[179]　粟鳥仔: tshik-tsiáu-á, 麻雀, 又稱「厝角鳥仔」。

[180]　電火線: tiān-hué-suànn, 電線。

遷的戲文。溝仔一冬[181]罕得有幾日有水，若有
嘛若氣絲仔，袂輸是土地流--出-來的目屎[182]。

阮兜嘛翻做磚仔厝--矣，後面的溝仔猶
閣[183]佇--咧，水真臭。厝起[184]向田彼向，這時
嘛咧種雜草，菅蓁仔[185]長甲菅芒花白白。舊護
龍[186]翻掉，連彼欉苦楝仔嘛早就剉[187]--去，苦
楝跤我囡仔時埋的記智，予紅毛塗[188]鞏牢牢，
無地揣起[189]。

厝後圳溝仔的另外彼爿[190]是一戶有牆
圍仔[191]的紳士人的厝宅[192]，無咧佮庄內人來

---

[181] 冬: tang, 年。

[182] 目屎: bák-sái, 眼淚。

[183] 猶閣: iáu-koh, 還、依然、仍舊。

[184] 起: khí, 建築、興建。

[185] 菅蓁仔: kuann-tsin-á, 芒草。

[186] 護龍: hōo-lîng, 廂房。

[187] 剉: tshò, 砍、砍伐。

[188] 紅毛塗: âng-mîg-thôo, 水泥。

[189] 無地揣起: bô tè tshuē-khí, 無處找起。

[190] 彼爿: hit pîng, 那邊。

[191] 牆圍仔: tshiûnn-uî-á, 圍牆。

[192] 厝宅: tshù-thėh, 宅第。

去[193]。自古起，這庄就攏是作穡人[194]，罕得有人受教育，聽阿爸講，阮查埔祖[195]捌[196]做漢文先[197]--的，佇庄--裡開暗學仔[198]教人捌[199]漢字，有時也會講古，阿爸講我寫小說的天份是種著[200]阿祖[201]--的，毋過阮阿公就無愛學字，煞斷--去。彼戶人是阮庄的紳士家庭，頂一代--的就捌字，做過鎮民代表，有兩个後生[202]佇米國[203]讀冊[204]，讀煞[205]，煞留佇遐[206]，無閣轉--

---

[193] 來去：lâi-khì，往來。

[194] 作穡人：tsoh-sit-lâng，農人。

[195] 查埔祖：tsa-poo-tsóo，曾祖父母。

[196] 捌：bat，曾。

[197] 先：sian，對某些特定身份者的稱呼，表示尊敬。

[198] 暗學仔：àm-òh-á，夜校。

[199] 捌：bat，認識。

[200] 種著：tsíng-tiòh，遺傳到。

[201] 阿祖：a-tsóo，曾祖父、母。

[202] 後生：hāu-sinn，兒子。

[203] 米國：Bí-kok，美國。

[204] 讀冊：thàk-tsheh，讀書。

[205] 煞：suah，結束。

[206] 遐：hia，那裡。

來。In[207] 彼个上細[208]的查某囝[209]讀國校[210]佮我
仝年--的，穿插的氣質佮阮一般的庄跤[211]囡仔
無仝，若[212]公主--咧[213]，學校內老師特別較惜--
伊，同學嘛欣羨--伊。升到三年的時，學校閣
重編班，我煞佮伊仝一班，老師排座位的時，
我是讀頭名--的，當然坐第一排，伊佇別班成
績聽講[214]才普普--仔niâ，老師疼--伊，叫伊佮
我坐做夥[215]。

　　我自細漢[216]就無仝年歲[217]的查某囡仔[218]

---

[207] in：他們；第三人稱所有格，他的。
[208] 上細：siōng sè，年齡最小的。
[209] 查某囝：tsa-bóo-kiánn，女兒。
[210] 國校：kok-hāu，國民學校，簡稱國校。
[211] 庄跤：tsng-kha，鄉下。
[212] 若：ná，好像、如同。
[213] --咧：--leh，置於句末，用以加強語氣。
[214] 聽講：thiann-kóng，聽說、據說。
[215] 做夥：tsò-hué，一起。
[216] 細漢：sè-hàn，小時候。
[217] 年歲：nî-huè，年紀。
[218] 查某囡仔：tsa-bóo gín-á，女孩子。

伴，袂曉[219]佮異性接接[220]，毋敢佮伊講話，連
欲看--伊都毋敢，干焦趁伊無注意，用目尾[221]
去共偷掃。

我永遠會記得伊開喙[222]共[223]我講的頭一句
話：

「請你莫[224]搖椅仔。」

我想欲[225]會失禮[226]，話含佇喙--裡，講袂
清楚，我毋是刁工[227]欲搖椅仔，阮的椅仔連做
夥，我是歡喜甲呅呅掣[228]，椅仔綴咧振動。

三年--的加[229]真捷[230]考試，週考、月考、

---

[219] 袂曉: bē-hiáu, 不懂、不會。

[220] 接接: tsih-tsiap, 打交道、接觸。

[221] 目尾: bák-bué, 眼角、眼梢。

[222] 開喙: khui-tshuì, 開口、啓齒。

[223] 共: kā, 跟、向。

[224] 莫: mài, 勿、別、不要。

[225] 想欲: siūnn-beh, 想要。

[226] 會失禮: huē sit-lé, 賠禮、道歉、賠罪。

[227] 刁工: thiau-kang, 故意、存心。

[228] 呅呅掣: phih-phih-tshuah, 哆嗦。

[229] 加: ke, 更加。

[230] 眞捷: tsin tsiáp, 很常。

期考，我全款[231]保持第一名，老師發賞，用
一本練習簿，頂頭[232]頓[233]「獎」，我簿仔攏免
買。彼陣[234]簿仔恰有包皮的鉛筆攏是五角，有
一擺[235]，伊講鉛筆傷濟，欲用筆恰我換簿仔，
拄好[236]我一枝筆攏寫甲指頭仔giōng 欲[237]拎袂
牢[238]，有時欲削鉛筆，傷短煞削著指頭尾，就
恰伊換。

過兩工[239]，禮拜日，欲暗仔[240]時，我去飼
牛轉--來[241]，趁天猶未[242]齊[243]暗，佇門口埕尾

---

[231] 全款：kāng-khuán，一樣。

[232] 頂頭：tíng-thâu，上面、上頭。

[233] 頓：tǹg，蓋章。

[234] 彼陣：hit-tsūn，那時候。

[235] 擺：pái，次，計算次數的單位。

[236] 拄好：tú-hó，剛好、湊巧。

[237] giōng 欲：giōng-beh，瀕臨、幾乎要。

[238] 拎袂牢：gīm bē tiâu，握不住。

[239] 工：kang，天、日。

[240] 欲暗仔：beh-àm-á，黃昏。

[241] 轉 -- 來：tńg--lâi，回來。

[242] 猶未：iáu-buē，還沒。

[243] 齊：tsiâu，完全。

寫字。彼年，阮猶無牽電火[244]，暗時攏是點番
仔油[245]火讀冊。阿爸對外口[246]入--來，攑[247]一
枝掃梳笭仔[248]叫我跪--落，就共我捽[249]。自升
二年--的起，在來[250]毋捌無考著第一名，阿爸
罵我這改哪會[251]退步。我煞揤無[252]，明明我全
款頭名[253]，阿爸哪會冤枉--我？予阿爸捽三下
了後，伊才講佇土地公廟仔前的大榕樹跤佮一
陣庄內人開講，隔壁厝宅的主人佇遐展寶[254]，
共人講我會攏保持第一名，是 in 查某囝無佮
我仝班，這擺無仝--矣，in 查某囝考第一名，
老師賞伊一本簿仔，頂頭頓一字「獎」，伊毋

---

[244] 電火：tiān-hué，電燈。

[245] 番仔油：huan-á-iû，煤油。

[246] 外口：guā-kháu，外面。

[247] 攑：giàh，拿。

[248] 掃梳笭仔：sàu-se-gím-á，竹掃把的細竹枝。

[249] 捽：sut，抽打。

[250] 在來：tsāi-lâi，一向、向來。

[251] 哪會：nah-ē，怎麼會。

[252] 揤無：sa bô，抓不著頭緒。

[253] 頭名：thâu-miâ，第一名。

[254] 展寶：tián-pó，獻寶、炫耀、誇耀。

甘[255]予查某囡提[256]去寫字用，專工用蠟紙封起
來做記念。阿爸講一班袂[257]有二個第一名，別
人有簿仔做證明，我的確是落名。我共新鉛筆
攑予阿爸看，共代誌[258]講--出-來，阿爸才知我
受枉屈，歹勢[259]歹勢，予我一角銀，表示代誌
拂[260]重耽[261]--去。

我無為按呢[262]就氣彼个媠[263]同學，一角銀
會當[264]買五張衛生紙，閣來[265]的衛生檢查，我
就免閣四界[266]共人借來予先生驗。下禮拜考試

---

[255] 毋甘：m̄-kam，捨不得。

[256] 提：the̍h，拿。

[257] 袂：bē，不會。

[258] 代誌：tāi-tsì，事情。

[259] 歹勢：pháinn-sè，不好意思。

[260] 拂：hut，做、幹、拚、搞。

[261] 重耽：tîng-tânn，差錯、出入。

[262] 按呢：án-ni，án-ne，這樣、如此。

[263] 媠：suí，美、漂亮。

[264] 會當：ē-tàng，可以。

[265] 閣來：koh-lâi，再來、後來、接下去。

[266] 四界：sì-kuè，四處、到處。

了[267]，我當然嘛閣提著頭名賞的簿仔，伊閣欲
佮我用鉛筆換，我想著予人捽三下掃梳笒仔，
毋肯佮伊換。我也驚[268]伊變面[269]無愛閣佮我講
話，毋敢共伊騙 in 老爸的代誌出破[270]，干焦
講「我算袂和[271]」。尾--仔[272]，伊講我若佮伊
換，上課的時，我會使[273]偷牽伊的手，按呢，
我免講嘛投降。寒--人[274]的時，我無厚衫通[275]
穿，手冷吱吱[276]，毋知是查某囡仔的手生本[277]
就較燒抑是伊穿太空衣，共伊的手牽--咧，有
夠好！我希望學校的小使仔[278]袂記得搖下課鐘

---

267 了：liáu, 結束、完畢。

268 驚：kiann, 怕、害怕。

269 變面：pìnn-bīn, 翻臉。

270 出破：tshut-phuà, 敗露。

271 算袂和：sǹg-bē-hô, 划不來。

272 尾 -- 仔：bué--á, 後來。

273 會使：ē-sái, 可以、能夠。

274 寒 -- 人：kuânn--lâng, 冬天。

275 通：thang, 可以。

276 冷吱吱：líng-ki-ki, 冷冰冰。

277 生本：sinn-pún, 本來、原本。

278 小使仔：siáu-sú-á, 工友。

仔。

　　彼工咱人[279]是三月十四，拜六讀一晡[280] niâ，欲放學的時，伊抾[281]一張紙條仔予--我，講欲請我下昏[282]去 in 兜。我轉去厝，毋敢共阿爸講，揣阮 i--仔[283]，講同學欲請我去 in 兜食暗[284]。彼[285]是我頭擺予人邀請去做人客[286]，阿 i[287]專工改一領[288]阿爸較無破的長褲，用裁縫車仔舞[289]一晡貼貼[290]，我無皮帶，閣紩[291]

279　咱人：lán-lâng，農曆、陰曆。
280　一晡：tsit poo，半天。
281　抾：tu，推。
282　下昏：e-hng，今晚。
283　i--仔：i--á，平埔族稱呼母親。
284　食暗：tsiàh-àm，吃晚餐。
285　彼：he，那個。
286　人客：lâng-kheh，客人。
287　阿 i：a-i，平埔族稱呼母親的用語。
288　領：niá，量詞，計算衣著、蓆子或被子等的單位。
289　舞：bú，折騰、忙著做某件事。
290　貼貼：tah-tah，整整、到底。
291　紩：thīnn，縫補。

一條布帶仔予我結[292]。我穿猶是傷闊[293]，毋
過，i--仔真滿意。我對後壁[294]溝舒[295]一塊枋仔
過去彼个厝宅。牆圍仔內閣有種花種草，我
袂赴[296]看娒，樹頂的菝仔[297]真大粒，黃--矣無
人挽[298]，也有蓮霧佮柚仔。好額人[299]的厝猶是
無全，彼陣規庄干焦這口灶[300]是瓦厝，賰--的
攏竹篾[301]仔厝崁[302]草做厝頂，若風颱來就用石
頭仔硩[303]--咧，才袂厝蓋予風掀--去。厝內電
火光 phà-phà[304]，奇怪，阮規庄都猶無 tshāi[305]

---

[292] 結：hâ，束。
[293] 闊：khuah，寬。
[294] 後壁：āu-piah，後面。
[295] 舒：tshu，舖。
[296] 袂赴：bē-hù，來不及。
[297] 菝仔：pat-á，番石榴、芭樂。
[298] 挽：bán，摘取。
[299] 好額人：hó-giah-lâng，有錢人。
[300] 口灶：kháu-tsàu，戶、家。
[301] 竹篾：tik-khoo，砍下來尚未剖的圓竹。
[302] 崁：khàm，覆蓋。
[303] 硩：teh，用重力壓；壓在下面。
[304] 光 phà-phà：kng-phà-phà，極為明亮。

電火柱[306]，in 哪有電火？同學出來接--我，先 tshuā[307] 我去厝邊涼亭仔跤坐，教我一寡話，叫我袂使落氣[308]。

到彼時我才知影[309]彼工是伊的生日，in 老爸佮 i--仔，伊是叫「爸爸」佮「媽媽」，交帶伊請較濟同學去 in 兜食生日桌，伊驚同學講出伊無考過第一名的代誌，毋敢請 in 來，無請一个仔來嘛講袂得過[310]，才拜託我共伊鬥掩崁[311]。In 爸母真歡迎--我，規桌攏是我罕得食--過的腥臊[312]。阿伯一直咧臭彈[313]講我予 in 查某囝逐--過，請我毋通掛意，盡量食，算

---

305 tshāi：豎立、立。

306 電火柱：tiān-hué-thiāu, 電線桿。

307 tshuā：帶領、引導。

308 落氣：làu-khuì, 漏氣、洩氣。

309 知影：tsai-iánn, 知道。

310 講袂得過：kóng bē-tit kuè, 說不過去。

311 掩崁：am-khàm, 掩飾、遮掩、隱瞞。

312 腥臊：tshinn-tshau, 豐盛餐食、菜色豐盛。

313 臭彈：tshàu-tuānn, 吹噓、吹牛。

安慰--我。同學就司奶[314]叫爸爸莫閣講這，阿伯紲--落[315]閣呵咾[316]查某囝遮爾[317]細漢[318]就知固謙[319]，共別人留面子。伊閣講頂學期，若有提賞的簿仔轉--去，i 就賞十箍[320]，也賞百外箍[321]--矣。媽媽講伊真乖，攏儉[322]--起-來，欲拜託佇日本的阿姨替伊買「御人形[323]」轉--來。阮同學有百外箍！我聽一下 giōng 欲昏--去。

　　食飽，阿姆閣包雞腿佮一塊三層肉，欲予我紮[324]--轉去。同學攑一枝免電塗[325]會光閣無

314　司奶：sai-nai，撒嬌。

315　紲--落：suà--lo̍h，接著。

316　呵咾：o-ló，讚美。

317　遮爾：tsiah-nī，這麼、多麼。

318　細漢：sè-hàn，年幼。

319　固謙：kòo-khiam，謙虛、謙遜。

320　箍：khoo，元，計算金錢的單位。

321　百外箍：pah guā khoo，一百多元。

322　儉：khiām，積蓄。

323　御人形：oo-nin-gióo，日語，人偶、娃娃。

324　紮：tsah，攜帶。

成³²⁶ ba-té-lih³²⁷--的，細細枝仔，眞婿講是「手
電仔³²⁸」--的，沿 in 兜牆圍仔邊的田岸仔路陪
我行。星眞光³²⁹，若天頂有眞濟枝手電仔，
毋過離傷遠，炤袂到塗跤³³⁰。暗頭仔³³¹水雞³³²
大細隻吼³³³，老仔³³⁴聲較沉，若奏低音，thûn
仔³³⁵ 是中音，sin 仔³³⁶聲幼幼就是懸³³⁷音，佇
暗眠摸³³⁸的田--裡奏樂牽曲。田岸仔路細條，

---

325 電塗：tiān-thôo，電石，不純的碳化鈣，與水作用可產
　　生乙炔，可作爲燈的燃料。
326 成：sîng，貌似、像。
327 ba-té-lih：電池。
328 手電仔：tshiú-tiān-á，手電筒。
329 農曆3月14，星不會眞光，有讀者指正但作者不改正，
　　以宣示自己之頑固，無知。
330 塗跤：thôo-kha，地面、地上。
331 暗頭仔：àm-thâu-á，入夜時分、天剛黑。
332 水雞：tsuí-ke，青蛙。
333 吼：háu，鳥獸叫。
334 老仔：lāu-á，最大隻的青蛙。
335 thûn 仔：thûn-á，泛指剛斷奶的獸類，此指比「老仔」再
　　小一點的青蛙。
336 sin 仔：sin-á，剛從蝌蚪變態成青蛙。
337 懸：kuân，高。

伊驚跋倒[339]，伸手予我牽，閣愈行愈倚[340]。我想欲佮伊行較倚閣毋敢，盡量閃行田岸邊，煞跋落田底，伊綴我摔--落。我的衫褲攏澹，佳哉[341]，i 跋佇我身軀頂，無沐[342]著水。新改好的長褲澹[343]，無要緊，伊覆[344]佇我身軀的氣味，規個月攏無退。

讀四年的時，in 規家就攏徙[345]去米國，拄[346]開學彼工，老師宣佈這个消息，我心肝頭刺鑿[347]，嚨喉管滇滇，無張無持[348]，目屎輾[349]--落-來。拍開[350]鉛筆盒仔，幾節賰一塊仔

---

[338] 暗眠摸：àm-bîn-bong，黑漆漆。

[339] 跋倒：puáh-tó，跌倒摔跤。

[340] 倚：uá，靠近。

[341] 佳哉：ka-tsài，好在、幸虧、幸好。

[342] 沐：bak，沾、染。

[343] 澹：tâm，淫。

[344] 覆：phak，趴；仆。

[345] 徙：suá，遷移。

[346] 拄：tú，才剛、剛。

[347] 刺鑿：tshì-tshák，感覺不舒服。

[348] 無張無持：bô-tiunn-bô-tî，無緣無故、突然。

[349] 輾：liàn，滾動。

囝³⁵¹的鉛筆用簿仔紙包--起-來，我無欲閣用。
轉去厝就用鉛片觳仔³⁵²貯³⁵³--咧，佮一張寫伊的
名佮生日的紙條仔园做夥，封予密，共埋踮³⁵⁴
護龍³⁵⁵仔邊彼欉苦楝仔跤，予這个秘密佇遐發
穎³⁵⁶、生湠³⁵⁷。

　　是--啦，舊曆三月十四彼工，我一世人³⁵⁸
無可能袂記--得，毋是『青青河畔草』彼齣親
像³⁵⁹囡仔辦家伙仔³⁶⁰的戀情，彼工嘛是我的生
日，阮拄好是全年全月全日生--的，這層代誌
是彼工我轉--去了後，i--仔煠³⁶¹半 ut³⁶² 麵線咧

---

³⁵⁰ 拍開：phah-khui, 打開。

³⁵¹ 一塊仔囝：tsit-tè-á-kiánn, 一小塊。

³⁵² 觳仔：khok-á, 罐子。

³⁵³ 貯：té, 裝、盛。

³⁵⁴ 踮：tiàm, 在。

³⁵⁵ 護龍：hōo-lîng, 廂房。

³⁵⁶ 發穎：puh-ínn, 抽芽、發芽。

³⁵⁷ 生湠：sinn-thuànn, 滋生、蔓衍。

³⁵⁸ 一世人：tsit-sì-lâng, 一輩子。

³⁵⁹ 親像：tshin-tshiūnn, 好像、好比。

³⁶⁰ 辦家伙仔：pān-ke-hué-á, 辦家家酒。

³⁶¹ 煠：sàh, 把食物放入滾水中煮。

等--我，講自來是「大人生日食肉，囡仔生日食拍」，我穿長褲若紳士閣予人請去坐桌[363]，算大人--矣，頭改共我講我的舊曆生日。無肉，麵線嘛會使。我共肉提予阿i，講欲包予小弟、小妹食--的。阿i緊去燒香感謝佛祖，講伊較早捌下願[364]，等我做生日一定欲有肉，拄咧煩惱，誠實[365]就有--矣。

我閣去庄頭迌一晡，迌對溝後過，土地公廟仔佮彼落有牆圍仔的厝宅攏無--去-矣，原本的所在起一間大廟，香火真旺。廟前彼欉大榕樹原在，干焦老甲喙鬚[366]愈來愈長。

---

[362] ut：量詞，計算折起的麵條、掛麵、粉絲等的單位。

[363] 坐桌：tsē-toh, 赴宴、入席。

[364] 下願：hē-guān, 發願、 祈願。

[365] 誠實：tsiânn-sit, 果真、果然、確實。

[366] 喙鬚：tshuì-tshiu, 鬍鬚。

飼¹牛囡仔²普水雞³仔度

　　朋友來阮⁴兜⁵坐的時，拄⁶食飽晝⁷猶⁸袂
赴⁹收碗箸，看桌頂的菜佮¹⁰鹹¹¹，笑笑問講：
「也無請人客¹²，哪會¹³食遮¹⁴好？」

---

¹　飼：tshī，畜養；養育；餵食。

²　囡仔：gín-á，小孩子。

³　水雞：tsuí-ke，青蛙。

⁴　阮：guán，我的，第一人稱所有格；我們，不包括聽話
　　者。

⁵　兜：tau，家。

⁶　拄：tú，剛、方才。

⁷　食飽晝：tsiảh-pá-tàu，吃過午飯。

⁸　猶：iáu，還。

⁹　袂赴：bē-hù，來不及。

¹⁰　佮：kap，和、與。

¹¹　鹹：kiâm，菜餚、佐膳、下飯菜。

¹²　請人客：tshiánn-lâng-kheh，請客、宴客。

　　我無張無持[15]應[16]講：「哪有，啊都[17]普水
雞仔度--咧[18]！」朋友聽無，我才智覺著[19]這句
是干焦[20]佇[21]阮彼个[22]庄頭[23]才時行[24]--的。

　　我讀國民學校進前[25]，猶算是囡仔，有特
權免做工課[26]，大人去田--裡拚甲[27]烏 mà-mà[28]

---

[13]　哪會：nah-ē, 怎麼會。

[14]　遮：tsiah, 這麼地。

[15]　無張無持：bô-tiunn-bô-tî, 突然、無緣無顧。

[16]　應：ìn, 回答、應答。

[17]　啊都：ah-to, 因為 ... 啊。

[18]　-- 咧：--leh, 置於句末，用以加強語氣。

[19]　智覺著：tì-kak-tiòh, 察覺到，著：tiòh, 到，動詞補語，
　　表示動作之結果。

[20]　干焦：kan-tann, 只有、僅僅。

[21]　佇：tī, 在。

[22]　彼个：hit ê, 那個。

[23]　庄頭：tsng-thâu, 村子、村落。

[24]　時行：sî-kiânn, 流行、盛行。

[25]　進前：tsìn-tsîng, 之前。

[26]　工課：khang-khuè, 工作，「功課」的白話音。

[27]　甲：kah, 到。

[28]　烏 mà-mà：oo-mà-mà, 髒兮兮、污濁。

規身軀[29]汗的時，我偝[30]小妹兼 tshuā[31] 小弟，
佮隔壁的客人[32]囡仔咧[33]掩咯雞[34]覕相揣[35]，用
Holo 腔[36]的客話佮 in[37] 踢 óng[38] 跳箍仔[39]。

　　阮庄--裡一半 Holo 一半客，客佮 Holo 攏[40]
會曉[41]聽對方的話，較淺的客話，Holo 人嘛[42]
會講--淡-薄-仔[43]，自來無族群問題。入國校[44]

---

[29] 規身軀：kui sin-khu, 渾身、全身、滿身。

[30] 偝：āinn, 背。

[31] tshuā：帶領、引導。

[32] 客人：Kheh-lâng, 客家人。

[33] 咧：leh, 正 …、… 著, 表示進行中。

[34] 掩咯雞：am-kók-ke, 捉迷藏。

[35] 覕相揣：bih-sio-tshuē, 捉迷藏、躲貓貓。

[36] Holo 腔：Holo khiunn, 台語腔。

[37] in：他們。

[38] 踢 óng：that-óng, 在玩跳房子時, 單腳踢著「óng」前進。

[39] 跳箍仔：thiàu-khoo-á, 跳房子。

[40] 攏：lóng, 都。

[41] 會曉：ē-hiáu, 知道、懂得。

[42] 嘛：mā, 也。

[43] 淡薄仔：tām-póh-á, 些許、一些。

[44] 國校：kok-hāu, 國民學校, 簡稱國校。

頭一个禮拜日，阿爸講我咧讀冊[45]--矣[46]，是大人--矣，愛[47]共[48]厝--裡[49]鬥[50]作穡[51]，喊我牽牛出去飼。

你看西部的影戲[52]，看 in 騎馬敢[53]捌[54]欣羨[55]--過？進前我便[56]看著較大的囡仔騎牛去飼，攏足[57]想欲[58]佮 in 仝款[59]，阿爸叫我去飼牛，我是眞歡喜。我共[60]牛牽--出-來，就

---

[45] 讀冊：thàk-tsheh，讀書。

[46] -- 矣：--ah，語尾助詞，表示完成或新事實發生。

[47] 愛：ài，要、必須。

[48] 共：kā，給；幫。

[49] 厝 -- 裡：tshù--nih，家裡。

[50] 鬥：tàu，幫忙。

[51] 作穡：tsoh-sit，種田。

[52] 影戲：iánn-hì，電影的舊稱。

[53] 敢：kám，疑問副詞，提問問句。

[54] 捌：bat，曾。

[55] 欣羨：him-siān，羨慕。

[56] 便：piān，凡是、只要。

[57] 足：tsiok，非常。

[58] 想欲：siūnn-beh，想要。

[59] 仝款：kāng-khuán，一樣。

[60] 共：kā，把、將。

欲^{61} peh^{62} 起 lih^{63} 騎，檢采^{64}傷^{65}細漢^{66}，
煞^{67} peh 袂^{68}起，阿爸講愛叫牛先蝹^{69}--落-
來^{70}，我才有法度^{71}起 lih 伊^{72}的尻脊骿^{73}。
牛就是毋^{74}肯蝹低，我想欲對伊的後跤^{75}關
節控^{76}--起-lih，伊用尾溜^{77}共我捽^{78}，閣^{79}越

61　欲：beh，要、想，表示意願。

62　peh：攀登、攀爬。

63　起 lih：khí-lih，上去。

64　檢采：kiám-tshái，也許、可能、說不定。

65　傷：siunn，太、過於。

66　細漢：sè-hàn，年幼；小個兒、矮小。

67　煞：suah，竟然。

68　袂：bē，表示不能夠。

69　蝹：un，蹲下蜷縮。

70　落來：lòh-lâi，下來。

71　法度：huat-tōo，辦法、法子。

72　伊：i，牠、他、她、它，第三人稱單數代名詞。

73　尻脊骿：kha-tsiah-phiann，背脊、背部。

74　毋：m̄，否定詞。

75　後跤：āu-kha，後腳。

76　控：khàng，用指甲或類似工具等攀緣。

77　尾溜：bué-liu，尾巴。

78　捽：sut，用繩索等細軟東西抽打。

79　閣：koh，還、又；居然。

頭[80]共我睨[81]。阿爸先共我抱--起-lih，才教我講，等牽牛去溝仔底 kō 浴[82]的時，伊就會蝹--落，啊若無[83]，就愛飼慣勢[84]，佮我熟似[85]了後[86]，才指揮伊會行[87]。

　　庄跤[88]囝仔毋是規年週天[89]攏咧飼牛，有時仔是去割蔗尾轉來[90]予[91]食。過春了後草仔青青，共牛牽出去行春[92]踏青，也算是對伊駛手耙[93]、掛耙[94]、抒筒[95]、磟碡[96]、拖犁、拖牛車

80　越頭：uat-thâu，回頭。

81　睨：gîn，瞪、怒視。

82　kō 浴：kō-ik，在水溝翻轉浸水。

83　若無：nā-bô，否則、不然。

84　慣勢：kuàn-sì，習慣。

85　熟似：sik-sāi，熟識、熟悉。

86　了後：liáu-āu，之後。

87　行：kiânn，行走；移動。

88　庄跤：tsng-kha，鄉下。

89　規年週天：kui-nî-thàng-thinn，一年到頭。

90　轉來：tńg-lâi，回來。

91　予：hōo，給、給予。

92　行春：kiânn-tshun，踏春、探春、踏青。

93　手耙：tshiú-pē，插秧前用來撥平田中泥土的農具。

94　掛耙：kuà-pē，牛犁翻過的泥土通常成塊狀，掛耙是整

的報答。溝仔水清幽，予[97]伊入去浸--一下，有時仔歡喜，伊也會藏水沫[98]予我看。我共學校分[99]的課本紮--咧[100]，騎佇牛尻脊骿，隨在[101]伊四界[102]散步、食草，我讀我的冊，免驚[103]會出問題，干焦顧莫[104]予伊去食著別人播[105]的稻仔就好。

去到田頭仔路，就搪著[106]真濟[107]庄--裡佮

平田土的農具。

95 捋筒：lua̍h-tâng，長九尺直徑三四寸的木製圓筒形農具，主要功用是蓋平水田。

96 磟碡：la̍k-ta̍k，用腳車索綁在兩端，以牛拖，人站在踏板上，兼平水田碎土、埋押稻株的農具。

97 予：hōo，讓。

98 藏水沬：tshàng-tsuí-bī，潛水。

99 分：pun，分發、分送。

100 紮 -- 咧：tsah--leh，攜帶著。

101 隨在：sûi-tsāi，聽憑、任由、任憑。

102 四界：sì-kè，四處、到處。

103 驚：kiann，怕、害怕。

104 莫：mài，勿、別、不要。

105 播：pòo，插秧、種稻。

106 搪著：tn̄g-tio̍h，遇到。

107 濟：tsē，多。

我仝[108]年歲[109]抑是[110]比我較大的查埔囝仔[111]嘛騎牛出--來，頭改[112]看我飼牛，逐个[113]攏歡喜喝咻[114]：

「阿舍嘛出來飼牛--矣，咱[115]閣加[116]一个伴！」

飼牛囝仔齣頭[117]蓋[118]濟，相招[119]去共人偷挖番藷炕窯[120]，騎牛相戰，有時仔也會挽[121]野

---

[108] 仝：kāng, 相同。

[109] 年歲：nî-huè, 年紀、年齡、歲數。

[110] 抑是：iah-sī, 或是。

[111] 查埔囝仔：tsa-poo gín-á, 男孩子。

[112] 改：kái, 計算次數的單位。

[113] 逐个：ta̍k ê, 每個、各個。

[114] 喝咻：huah-hiu, 吆喝、呼喊、喊叫。

[115] 咱：lán, 我們，包括聽話者。

[116] 加：ke, 增加。

[117] 齣頭：tshut-thâu, 名堂、把戲、花招。

[118] 蓋：kài, 十分、非常。

[119] 招：tsio, 邀。

[120] 炕窯：khòng-iô, 用小土塊堆疊一座小土窯, 把土塊燒紅後, 將食物放進去, 用高溫餘熱把食物悶熟。

[121] 挽：bán, 採摘。

榮樹葉假煮食辦家伙仔[122]。田--裡定定[123]會有
野兔、竹雞仔，逐个相爭圍，上[124]好食--的是
田鼠，肉真鮮。歇睏日[125]飼牛是我意愛的工
課，有一改佇學校，下課，我共兩个拖熟似的
同學講，in 感覺真心適[126]，約禮拜日欲佮我去
飼牛。

彼工[127]早起[128]，免人吩咐，我就自動共牛
牽--出-來，灶跤[129]偷 khat[130] 一摵[131]鹽紮--咧，
凡勢[132]若炰[133]啥物件[134]就用會著。騎佇牛頂，

---

[122] 辦家伙仔：pān-ke-hué-á，辦家家酒。

[123] 定定：tiānn-tiānn，常常。

[124] 上：siōng，最。

[125] 歇睏日：hioh-khùn-jit，假日。

[126] 心適：sim-sik，有趣、好玩。

[127] 彼工：hit kang，那一天。

[128] 早起：tsái-khí，早上。

[129] 灶跤：tsàu-kha，廚房。

[130] khat：舀、挹。

[131] 摵：mi，量詞，抓取在手掌中的份量。

[132] 凡勢：huān-sè，也許、說不定。

[133] 炰：pû，埋在熱灰或炭裡烤。

[134] 物件：mih-kiānn，東西。

沿路攏是青 ling-ling[135]，蓮蕉[136]紅花青葉嬌滴
滴，予風弄[137]甲勾頭[138]酥腰[139]。粟鳥仔[140]順
牛車溝路跳 sán-tshíng[141]，看牛行倚[142]--來，也
袂[143]驚，等牛跤欲到--矣才飛--起-來，綴[144]阮
後壁[145] tsiuh-tsiuh 叫[146]。我規氣[147]麗[148]佇牛的尻
脊骿，據在[149]伊拖，看紺[150]的天頂有幾蕊[151]雲

135　青 ling-ling：tshinn-ling-ling, 綠油油。

136　蓮蕉：liân-tsiau, 美人蕉。

137　弄：lāng, 玩弄、逗弄。

138　勾頭：kau-thâu, 低頭。

139　酥腰：soo-io, 彎腰。

140　粟鳥仔：tshik-tsiáu-á, 麻雀, 又稱「厝角鳥仔」。

141　跳 sán-tshíng：thiàu sán-tshíng, 頑皮地跳著。

142　倚：uá, 靠近。

143　袂：bē, 不會。

144　綴：tuè, 跟隨。

145　後壁：āu-piah, 後面。

146　tsiuh-tsiuh 叫：tsiuh-tsiuh-kiò, 擬聲詞, 鳥叫聲。

147　規氣：kui-khì, 乾脆。

148　麗：the, 斜著仰臥。

149　據在：kù-tsāi, 任由、任憑。

150　紺：khóng, 深藍色。

151　蕊：量詞, 計算花、雲彩、眼睛等的單位。

泅[152]--過，喙[153]--裡那[154]哼牛犁仔歌。

　　我的客人朋友佮人客攏到位[155]--矣，in原本就有熟似，規陣[156]跍[157]佇樹仔跤咧起火烘[158]草蜢仔[159]，我拄到就鼻著[160]芳味[161]。彼兩个同學攏是街--裡[162]的人，無作穡，也就無牛通[163]牽，借欲騎我的牛。阿 phn̂g（朋的客音）仔佮阿 jún（潤的客音）仔自動共牛予 in 兩个騎。我的同學添原--仔穿一軀[164] lóng[165] 的衫仔

---

[152] 泅：siû，游。

[153] 喙：tshuì，嘴。

[154] 那：ná，一面 ...。

[155] 到位：kàu-uī，到達、抵達。

[156] 規陣：kui-tīn，整群。

[157] 跍：khû，蹲。

[158] 烘：hang，烤。

[159] 草蜢仔：tsháu-mé-á，蚱蜢。

[160] 鼻著：phīnn-tióh，聞到。

[161] 芳味：phang-bī，香味。

[162] 街 -- 裡：ke--nih，市內。

[163] 通：thang，可以。

[164] 軀：su，量詞，計算成套衣服的單位。

[165] lóng：人造纖維的總稱。

褲[166]，新閣媠[167]，眞驚 kō[168] 烏--去。我笑伊街
--裡倯[169]，欲來田園毋著[170]穿較穤[171]的衫。另
外彼个同學清祥解說，講添原 in[172] 兜是信耶穌
--的，禮拜日閣愛去教會主日學，無穿媠衫袂
使[173]出門，添原--仔是偷走[174]--來-的。

　　我毋知信耶穌落教[175]是啥物[176]，佇阮庄
跤，攏是拜神--的。添原--仔開始學牧師講道的
口氣，伊講：

　　「上帝講恁[177]攏是我的囝[178]。」

---

[166] 衫仔褲: sann-á-khòo, 衣褲。

[167] 媠: suí, 美、漂亮。

[168] kō：沾染、沾污。

[169] 街 -- 裡倯: ke--nih-sông, 戲稱住在市內，因不常來鄉村
而見識不廣的人。

[170] 毋著: m̄-tiòh, 照理應當如此。

[171] 穤: bái, 不好、糟糕。

[172] in：第三人稱所有格，他的。

[173] 袂使: bē-sái, 不可以。

[174] 偷走: thau-tsáu, 偷跑。

[175] 落教: lòh-kàu, 受洗、信教。

[176] 啥物: siánn-mih, 什麼東西。

[177] 恁: lín, 你們。

逐个感覺予伊偏[178]--去，假意欲共拍[179]，
佇遐[181]走相逐[182]。我雄雄[183]聽著沉沉「kok、
kok、kok」的聲，是老水雞 kóo[184]，叫逐个恬
恬[185]，有影[186]一隻老仔[187]覕[188]佇圳溝邊的草仔
內。阮六个囡仔先分六个方位徛在[189]，共水雞
的出路封掉，愈包愈狹，由我出手去欲[190]彼隻
水雞，伊跳走，眞拄好[191]，跳對[192]添原彼爿[193]

---

[178] 偏: phinn, 占便宜。

[179] 拍: phah, 打、揍。

[180] 囝: kiánn, 兒女。

[181] 遐: hia, 那裡。

[182] 走相逐: tsáu-sio-jiok, 追逐、賽跑。

[183] 雄雄: hiông-hiông, 突然間、猛然。

[184] 水雞 kóo: tsuí-ke-kóo, 大青蛙。

[185] 恬恬: tiām-tiām, 安靜、沉默。

[186] 有影: ū-iánn, 的確、眞的。

[187] 老仔: lāu-á, 最大隻的青蛙。

[188] 覕: bih, 躲藏、隱藏、藏匿。

[189] 徛在: khiā-tsāi, 站穩。

[190] 欲: hop, 拱起手心, 快速合上雙掌捕捉。

[191] 拄好: tú-hó, 剛好、湊巧。

[192] 對: tuì, 向。

[193] 爿: pîng, 旁、方向、方面。

去。添原驚衫舞[194]烏--去，毋敢覆[195]落去歛，
煞去予旋[196]--去。真毋甘願，我一直逐[197]，到
尾[198]猶是予我掠[199]--著，有影大隻。

阿潤仔去遏[200]一枝竹仔，取有刺的一節
來，共水雞的肚弓[201]大，用刺仔對腹肚搣[202]--
落，先搣一裂[203]才破開[204]，腹內[205]撏[206]撏--
咧，才用圳仔水洗清氣[207]。

---

[194] 舞: bú, 搞。

[195] 覆: phak, 趴；仆倒。

[196] 旋: suan, 溜走、開溜。

[197] 逐: jiok, 追趕。

[198] 到尾: kàu bué, 到最後。

[199] 掠: liáh, 抓住、捕捉。

[200] 遏: at, 弄斷。

[201] 弓: king, 撐開。

[202] 搣: ui, 以尖物鑽、挖。

[203] 裂: lih, 計算裂縫的單位。

[204] 破開: phuà-khui, 切開、割開。

[205] 腹內: pak-lāi, 下水、動物的內臟。

[206] 撏: jîm, 掏。

[207] 清氣: tshing-khì, 乾淨。

　　扗才[208]烘草蜢仔的火猶未齊[209]化[210]，閣共
撲風[211]予著[212]--起-來，按算[213]欲掠落去烘。阿
榮講彼隻刣[214]好的水雞覕[215]佇塗跤[216]，敢若[217]
人拜拜肉山的大豬公。我看水雞四肢跤展開，
有影有成[218]廟--裡普度，肉壇頂的豬公，就招
講來耍[219]拜拜。添原佮清祥攏毋捌拜--過，先
贊聲[220]。阮就閣去欲較濟隻水雞來刣。

　　水雞上大隻--的，阮講是「老仔」，閣來

---

208 扗才：tú-tsiah, 剛才、適才。
209 齊：tsiâu, 全部。
210 化：hua, 熄滅。
211 撲風：iát-hong, 搧風。
212 著：tòh, 燃燒。
213 按算：àn-sǹg, 預期、打算。
214 刣：thâi, 屠宰、殺。
215 覕：phih, 伏臥。
216 塗跤：thôo-kha, 地面、地上。
217 敢若：kánn-ná, 好像。
218 成：sîng, 像、貌似。
219 耍：sńg, 嬉戲、玩耍。
220 贊聲：tsàn-siann, 唱和、敲邊鼓。

就是「thûn 仔[221]」，拄對水雞仔囝大--起-來的
是「sin 仔[222]」。無到半點鐘，阮就掠著十外
隻，毋過[223]攏是「sin 仔」佮「thûn 仔」，干焦
原先彼隻老仔 niâ[224]。有一種草仔眞韌命[225]，
幼枝閣長，若像[226]香--咧，阮講是「塗跤香
仔」。阮共幾隻水雞破腹[227]刣好，排踮[228]幾叢

---

[221] thûn 仔：thûn-á，泛指剛斷奶的獸類，此指比「老仔」再
小一點的青蛙。

[222] sin 仔：sin-á，剛從蝌蚪變態成青蛙。

[223] 毋過：m̄-koh，不過、但是。

[224] niâ：而已。

[225] 韌命：lūn-miā，生命力強。

[226] 若像：ná-tshiūnn，仿佛、好像、猶如。

[227] 破腹：phuà-pak，剖腹、開膛。

[228] 踮：tiàm，在。

塗跤香仔頭前，榮--仔假扮做道士，喙--裡烏
白[229]念，若[230]咧念經，添原--仔毋[231]認輸，嘛
唸 in 的聖經，逐个就開始普度兼關[232]水雞仔
神。了後，才共水雞烘來食，我紮的鹽予水雞
仔肉氣味愈讚。清祥 in 兜佇街--裡開漢藥房，
講欲知[233]嘛紮寡[234]當歸、肉桂、枸杞，定著[235]
閣較[236]好食。

　　添原--仔毋敢耍傷久，in 老爸做禮拜煞[237]
進前，伊愛轉去[238]到教會，若無，代誌[239]就大
條，日頭猶未 peh 到頭殼[240]頂，伊佮清祥就先

---

[229] 烏白: oo-pe̍h, 胡亂、隨便。

[230] 若: ná, 好像、如同。

[231] 毋: m̄, 不肯、不要、拒絕。

[232] 關: kuan, 施巫術使神祇附在靈媒或物體上以顯靈。

[233] 欲知: beh-tsai, 早知道、要是知道。

[234] 寡: kuá, 一些、若干。

[235] 定著: tiānn-tio̍h, 必定、一定、肯定。

[236] 閣較: koh-khah, 更加。

[237] 煞: suah, 結束、停止。

[238] 轉去: tńg-khì, 回去。

[239] 代誌: tāi-tsì, 事情。

[240] 頭殼: thâu-khak, 頭腦、腦袋。

走--矣。我嘛共火踏予化，逐个去圳溝牽牛，
那呼噓仔[241]那[242]騎--轉-去。

　　翻轉年[243]的春--裡，有一工，我佮榮--仔、
阿潤仔、阿朋仔去飼牛，有一戶老窯人無播
田[244]換種thoo-má-tooh[245]，結甲[246]當[247]大粒，阮
去偷挽，揀[248]尻川[249]尖紅--的就食，逐个攏食
四、五粒了後，才看著田頭有插箠仔[250]縛[251]紅
布碎仔[252]，今，這聲去--矣[253]，農藥才濺[254]無

---

[241] 呼噓仔：khoo-si-á, 吹口哨。

[242] 那……那……：ná…… ná……, 一邊……一邊……。

[243] 翻轉年：huan-tńg-nî, 隔年、翌年。

[244] 播田：pòo-tshân, 插秧。

[245] thoo-má-tooh：蕃茄。

[246] 結甲：kiat kah, 果實結得。

[247] 當：tng, 正值、正逢。

[248] 揀：kíng, 選擇。

[249] 尻川：kha-tshng, 屁股。

[250] 箠仔：tshuê-á, 小棍子。

[251] 縛：pàk, 綁。

[252] 布碎仔：pòo-tshuì-á, 布頭、碎布、零碼布。

[253] 這聲去--矣：chit-siann khì--ah, 這下完了。

[254] 濺：tsuānn, 噴灑。

偌久[255]，阮開始煩惱。我體質較茬[256]，先吐閣
漏[257]，紲--落[258]，阿朋仔嘛全款，阮那艱苦那
煩惱。榮--仔有影勇，敢若攏無tsùn-būn--著[259]，
伊招阮先編一个話，袂使予大人知影[260]阮是偷
食人種的果子才按呢[261]--的。四个囡仔囝[262]頭
殼算袂穩[263]，想著頂一年[264]拜水雞的代誌，就
講通和[265]，轉--去毋通[266]漏氣。

---

[255] 無偌久：bô juā kú，沒多久。

[256] 茬：lám，柔弱。

[257] 漏：làu，腹瀉。

[258] 紲--落：suà--lòh，接下來。

[259] 攏無 tsùn-būn-- 著：lóng bô tsùn-būn--tiòh，無動於衷、不
傷毫毛、不起作用。

[260] 知影：tsai-iánn，知道。

[261] 按呢：án-ni，這樣、如此。

[262] 囡仔囝：gín-á-kiánn，幼童。

[263] 袂穩：bē-bái，不錯、不壞。

[264] 頂一年：tíng tsit nî，上一年。

[265] 講通和：kóng-thong-hô，串通。

[266] 毋通：m̄-thang，不可以。

阮 i--仔[267]看我面--的白恂恂[268]騎牛轉--來，閣攬[269]腹肚，緊[270]共我抱--落-來，問我敢是破病[271]？我講腹肚疼，毋知按怎[272]會遐[273]疼？伊先佇藥袋仔敨[274]一包食腹肚疼的藥仔予我吞，閣叫我去眠床[275]倒[276]。彼時作穡人猶無農保，庄跤無有牌的醫生，攏是食便藥仔[277]準拄好[278]，若較嚴重--的才會送去都市的大間病院。藥仔是人提來寄[279]--的，久久會來巡一

---

[267] i--仔：i--á, 平埔族稱呼母親。

[268] 白恂恂：pe̍h-sún-sún, 慘白。

[269] 攬：lám, 雙臂環抱。

[270] 緊：kín, 快、迅速。

[271] 破病：phuà-pīnn, 生病。

[272] 按怎：án-tsuánn, 怎麼樣。

[273] 遐：hiah, 那麼。

[274] 敨：tháu, 打開、解開。

[275] 眠床：bîn-tshn̂g, 床鋪。

[276] 倒：tó, 躺。

[277] 便藥仔：piān-io̍h-á, 成藥。

[278] 準拄好：tsún-tú-hó, 當做事情解決、算了。

[279] 寄：kià, 寄放。

改，看欠啥物藥仔才補，藥仔錢等收冬[280]才來
抔[281]粟仔[282]拄數[283]。榮--仔喙較利，講甲予 in
兜的人相信阮是舊年[284]這工去飼牛，佇田頭仔
普水雞仔度拜神，今年阮就是無去普，神明罰
阮腹肚疼，討欲愛阮共拜。In 老爸本底[285]就知
影榮--仔 gâu[286] 畫虎 lān[287]，無啥欲信，去問阿
朋仔、阿潤仔佮我，攏講舊年有影有普水雞
仔度。大人討論了，決定刣一隻豬公普度，
按呢才袂去得罪神明。彼暗[288]厝--裡食甲真腥
臊[289]，毋過，我腹肚疼猶未好，干焦會使[290]食

---

[280] 收冬: siu-tang, 收成、收割、收獲。
[281] 抔: put, 把零散的東西聚成堆或掃進容器裡。
[282] 粟仔: tshik-á, 稻穀、穀子。
[283] 拄數: tú-siàu, 抵債。
[284] 舊年: kū-nî, 去年。
[285] 本底: pún-té, 本來、原本。
[286] gâu: 善於、能幹。
[287] 畫虎 lān: uē-hóo-lān, 瞎扯、吹噓、臭蓋。
[288] 彼暗: hit àm, 那晚。
[289] 腥臊: tshinn-tshau, 豐盛餐食、菜色豐盛。
[290] 會使: ē-sái, 可以、能夠。

糜配醃瓜仔[291]。阮i--仔安慰我免煩惱，伊有留一塊肉，等我腹肚若好，就會使食。我倒佇眠床想講，上無[292]，按呢免予人拍。

彼年阮刣水雞普是佗[293]一工，我袂記--得[294]，翻轉年阮腹肚疼彼工是咱人[295]四月十三，阮庄--裡閣來[296]若四月十三攏會普度，別庄--的來予阮請，問講是咧拜啥物神。阮庄的人就講是「阮庄才有--的，普水雞仔度！」

這層[297]代誌到第三改普度才出破[298]，添原in阿姊嫁阮庄的人，聽著這款[299]代誌，講in小弟也無腹肚疼--過，閣知影阮頭改普水雞仔彼工是添原--仔無去參加主日學的禮拜日，對萬

---

[291] 醃瓜仔：iam-kue-á，蔭瓜。

[292] 上無：siōng-bô，至少、起碼、最少。

[293] 佗：toh，哪（一）。

[294] 袂記--得：buē kì--tit，忘記。

[295] 咱人：lán-lâng，農曆、陰曆。

[296] 閣來：koh-lâi，再來、後來、接下去。

[297] 層：tsân，計算事情的單位。

[298] 出破：tshut-phuà，敗露、被拆穿。

[299] 這款：tsit khuán，這種。

年曆算--出-來，講彼年的四月十三毋是禮拜日，證明阮腹肚疼彼日佮前一年刣水雞彼日根本毋是仝一工。阮幾个囡仔才講出這層四个猴死囡仔[300]騙規庄的笑詼[301]代[302]。

閣來的四月十三，阮庄--裡就無閣普--矣，毋過，便若[303]有一頓攢[304]寡豐沛來食，就講是「啊都咧普水雞仔度--咧！」

---

[300] 猴死囡仔：kâu-sí-gín-á, 小鬼頭、小蘿蔔頭。

[301] 笑詼：tshiò-khue, 幽默、詼諧。

[302] 代：tāi, 事情。

[303] 便若：piān-nā, 凡是、只要。

[304] 攢：tshuân, 準備。

十姊妹記事

新聞講佇[1]米國[2]德州有一个[3]婦人人[4]一胎生八个，這个世間實在有影[5]是無奇不有，無一項代誌[6]是咱[7]敢確定--的，我咧[8]想講敢[9]有可能彼[10]八个攏[11]查某[12]--的？若一

---

[1] 佇：tī, 在。

[2] 米國：Bí-kok, 美國。

[3] 个：ê, 個。

[4] 婦人人：hū-jìn-lâng, 婦人、婦女、婦人家。

[5] 有影：ū-iánn, 的確、眞的。

[6] 代誌：tāi-tsì, 事情。

[7] 咱：lán, 我們，包括聽話者。

[8] 咧：leh, 正 ...、... 著，表示進行中。

[9] 敢：kám, 疑問副詞，提問問句。

[10] 彼：hit, 那。

[11] 攏：lóng, 都。

[12] 查某：tsa-bóo, 女性。

睏[13]八个生做[14]眞相 siâng[15] 的小姐徛[16]佇面頭
前[17]，毋[18]知啥物[19]感受？

　　這篇欲[20]講--的佮[21]生查埔[22]、查某無關
係，是雄雄[23]想著[24]有一種鳥仔叫做十姊妹，
我做囡仔[25]時代捌[26]飼--過，相信有經過彼个年
代--的加減[27]嘛[28]攏知--淡-薄-仔[29]。

---

[13]　一睏: tsit-khùn, 一口氣、一下子。

[14]　生做: sinn-tsuè, 長得。

[15]　相 siâng：sio-siâng, 相像、一樣。

[16]　徛: khiā, 站。

[17]　面頭前: bīn-thâu-tsîng, 面前。

[18]　毋: m̄, 否定詞。

[19]　啥物: siánn-mih, 什麼。

[20]　欲: beh, 將要、快要；欲: beh, 要、想, 表示意願。。

[21]　佮: kap, 和、與。

[22]　查埔: tsa-poo, 男性。

[23]　雄雄: hiông-hiông, 突然間、猛然。

[24]　想著: siūnn-tióh, 想到。著: tióh, 到, 動詞補語, 表示
動作之結果。

[25]　做囡仔: tsò-gín-á, 孩提、幼時。

[26]　捌: bat, 曾。

[27]　加減: ke-kiám, 多多少少。

[28]　嘛: mā, 也。

　　眞濟[30]少年朋友攏會投[31]講：「阮[32]阿爸阮母--仔定定[33]愛講 in[34] 彼个時代生活偌困難拄偌[35]困難，阮這代的囡仔[36]攏好命毋知i。」這也莫怪[37]，無經過仝款[38]生活經驗--的是眞僫[39]理解別種社會狀況的價值觀。彼當時[40]我嘛才六歲囡仔 niâ[41]，毋知影[42]啥物是困苦，橫直[43]厝

---

[29] 淡薄仔：tām-póh-á，些許、一些。

[30] 濟：tsē，多。

[31] 投：tâu，投訴、告狀。

[32] 阮：guán，我的，第一人稱所有格。

[33] 定定：tiānn-tiānn，常常。

[34] in：他們。

[35] ...... 偌 .... 拄偌 ......：......juā...tú juā......，連接兩個一樣的形容詞，反駁他人的話。

[36] 囡仔：gín-á，小孩子。

[37] 莫怪：bók-kuài，難怪、怪不得、無怪乎。

[38] 仝款：kāng-khuán，一樣。

[39] 僫：oh，困難。

[40] 彼當時：hit-tang-sî，那時候。

[41] niâ：而已。

[42] 知影：tsai-iánn，知道。

[43] 橫直：huâinn-tit，反正。

邊隔壁[44]逐个[45]全款是按呢[46]咧生活，無地[47]做比並[48]。我干焦[49]知影阿叔佇五間尾頭前[50]的簾簷跤[51]釘鳥櫥仔[52]，講欲飼十姊妹。

　　飼十姊妹佮生活艱苦有啥關係？這是眞複雜的問題，無法度[53]三、兩句話就講甲斟酌[54]，我猶是[55]pîn頭仔[56]共[57]故事講--落-去[58]。

　　阮三叔猶未[59]去街--裡[60]的戲園[61]學辯

44　厝邊隔壁：tshù-pinn-keh-piah, 左鄰右舍、街坊鄰居。

45　逐个：ta̍k ê, 每個、各個。逐：ta̍k, 每一。

46　按呢：án-ni, 這樣、如此。

47　無地：bô tè, 無處可 ~。

48　比並：pí-phīng, 比較、比擬。

49　干焦：kan-tann, 只有、僅僅。

50　頭前：thâu-tsîng, 前面。

51　簾簷跤：nî-tsînn kha, 屋簷下。跤：kha, 底下。

52　鳥櫥仔：tsiáu-tû, 鳥棚。

53　無法度：bô huat-tōo, 辦法、法子。

54　斟酌：tsim-tsiok, 仔細、注意。

55　猶是：iáu sī, 還是。

56　pîn頭仔：pîn-thâu-á, 依次、依序、照先後次序。

57　共：kā, 把、將。

58　落去：lo̍h-khì, 下去。

59　猶未：iáu-buē, 還沒。

士⁶²進前⁶³，彼陣⁶⁴伊⁶⁵做兵⁶⁶轉--來⁶⁷也有幾
若⁶⁸年--矣⁶⁹，傳統的作穡⁷⁰嫌艱苦閣⁷¹無
利純⁷²，厝--裡⁷³都⁷⁴有兩个阿兄咧作⁷⁵--
矣，伊想欲⁷⁶走揣⁷⁷家己⁷⁸的出路，先去下

60　街--裡：ke--nih, 市內。
61　戲園：hì-hn̂g, 戲院、劇院。
62　辯士：piān-sū, 在無聲電影的時代，放映時有一人於舞
　　臺旁，說明劇情和臺詞，稱之為「辯士」。
63　進前：tsìn-tsîng, 之前。
64　彼陣：hit-tsūn, 那時候。
65　伊：i, 他、她、牠、它，第三人稱單數代名詞。
66　做兵：tsò-ping, 當兵。
67　轉--來：tńg--lâi, 回來。
68　幾若：kuí-nā, 許多、好幾。
69　--矣：--ah, 語尾助詞，表示完成或新事實發生。
70　作穡：tsoh-sit, 種田。
71　閣：koh, 又、再加上。
72　利純：lī-sûn, 利潤。
73　厝--裡：tshù--nih, 家裡。
74　都：to, 語氣副詞，表示強調。
75　作：tsoh, 耕種。
76　想欲：siūnn-beh, 想要。
77　走揣：tsáu-tshuē, 尋找。
78　家己：ka-tī, 自己。

頭[79]水底寮佮人公家[80]飼豬了錢[81]，嘛有去北部
學賣塗炭[82]，生理囝僫生[83]，毋是逐个攏有才
調[84]趁[85]這款[86]錢--的，聽講伊做--過的頭路[87]袂
少[88]，毋過[89]無一途精光[90]--的，無奈 lí 何[91]，轉
來庄跤[92]食塗[93]，鬱佇田頭仔[94]幾若工[95]，一直

---

[79] 下頭：ē-thâu, 南部。

[80] 公家：kong-ke, 一道、共同。

[81] 了錢：liáu-tsînn, 虧本。

[82] 塗炭：thôo-thuànn, 煤炭。

[83] 生理囝僫生：sing-lí kiánn oh sinn, 有經商天賦的人少之
又少。

[84] 才調：tsâi-tiāu, 能力、才能、本領。

[85] 趁：thàn, 賺。

[86] 這款：tsit khuán, 這種。

[87] 頭路：thâu-lōo, 職業、工作。

[88] 袂少：bē-tsió, 不少、相當多。

[89] 毋過：m̄-koh, 不過、但是。

[90] 精光：tsing-kong, 靈通、精明。

[91] 無奈 lí 何：bô-ta-lí-uâ, 無可奈何、不得已。

[92] 庄跤：tsng-kha, 鄉下。

[93] 塗：thôo, 泥土。

[94] 鬱佇田頭仔：ut tī tshân-thâu-á, 窩在田邊。

[95] 工：kang, 天、日。

到彼个朋友來阮兜[96]。

彼工，Ip 仔伯 tshuā[97] 一个穿 se-bí-looh[98] 的生份人[99]來阮兜，共[100]我講：

「恁[101]兜的人客[102]落[103]佇路--裡予[104]我抾[105]--著，A-sià，叫恁三叔--仔提[106]印仔[107]來領！」

Ip 仔伯講話就是孽[108]孽，我做囡仔就聽慣勢[109]，知影是欲揣[110]阮三叔--仔的人客佇路

---

96 兜：tau, 家。
97 tshuā：帶、帶領。
98 se-bí-looh：西裝。
99 生份人：tshinn-hūn-lâng, 陌生人。
100 共：kā, 跟、向。
101 恁：lín, 你的、你們的，第二人稱所有格；你們。
102 人客：lâng-kheh, 客人。
103 落：lak, 掉落。
104 予：hōo, 被；讓。
105 抾：khioh, 拾取、撿取。
106 提：thèh, 拿。
107 印仔：ìn-á, 印章。
108 孽孽：giàt-giàt, 頑皮、怪裡怪氣。
109 慣勢：kuàn-sì, 習慣。
110 揣：tshuē, 找、尋找。

--裡[111]共 Ip 仔伯問路，才 tshuā 伊來--的。我 tshuā 彼个人客去大溝下田頭仔樹仔跤揣佇遐[112] 咧盹龜[113]的三叔。

彼个生份人是三叔較早[114]佇台北熟似[115]--的，本底[116]嘛真落魄，講是有朋友咧鬥[117]牽成[118]才有今仔日[119]會當[120]穿甲[121]遮爾[122]鮮[123]，想著阮三叔--仔這个好朋友，好空[124]--的專工[125]來鬥相報[126]。三叔--仔真感動，問伊有

---

[111] 路--裡：lōo--nih，路上。

[112] 遐：hia，那裡。

[113] 盹龜：tuh-ku，打瞌睡、打盹兒。

[114] 較早：khah-tsá，以前。

[115] 熟似：sik-sāi，熟識。

[116] 本底：pún-té，本來、原本。

[117] 鬥：tàu，幫忙。

[118] 牽成：khan-sîng，提拔、栽培、照顧、幫助。

[119] 今仔日：kin-á-jit，今天。

[120] 會當：ē-tàng，可以。

[121] 穿甲：tshīng kah，穿得。甲：kah，到，到……的程度。

[122] 遮爾：tsiah-nī，這麼、多麼。

[123] 鮮瑁：tshinn-tshioh，光鮮亮麗。

[124] 好空：hó-khang，搞頭、好處。

[125] 專工：tsuan-kang，特地、專程。

啥好空頭[127]，敢誠實[128]有幫贊[129]？人客講是毋但[130]幫贊阮阿叔 niâ，連庄--裡的厝邊隔壁嘛致蔭[131]會著。

消息就按呢湠[132]--出-來，講是日本人當咧[133]痟[134]耍[135]鳥仔，毋過 in 無閒[136]對[137]鳥仔囝[138]顧甲大，毋才[139]會欲對台灣進口遮[140]的鳥仔，拄好[141]彼个人客 in[142] 朋友的公司是做這款

---

[126] 鬥相報：tàu-sio-pò，奔相走告、互相告知。

[127] 空頭：khang-thâu，名堂、搞頭。

[128] 誠實：tsiânn-si̍t，果眞、著實、確實。

[129] 幫贊：pang-tsān，幫忙、幫助。

[130] 毋但：m̄-tānn，不只、不光。

[131] 致蔭：tì-ìm，庇蔭、托庇。

[132] 湠：thuànn，漫延。

[133] 當咧：tng-teh，正在。

[134] 痟：siáu，沈迷、瘋某事物。

[135] 耍：sńg，玩。

[136] 無閒：bô-îng，忙碌、沒空、無暇。

[137] 對：tuì，從、由。

[138] 鳥仔囝：tsiáu-á-kiánn，小鳥。

[139] 毋才：m̄-tsiah，才。

[140] 遮：tsia，這裡。

[141] 拄好：tú-hó，剛好、湊巧。

生理[143]--的，伊負責四界[144]鬥揣人飼鳥仔。庄
跤人聽著鳥仔會當賣錢，逐个有影歡喜，佇
這片平洋[145]，有超過一半的田咧播稻仔[146]，曆
角鳥[147]就是愛食粟仔[148]毋才叫做粟鳥仔，逐
坵[149]田嘛有兄弟仔咧顧，毋過愈來愈無效。
兄弟仔是講稻草人，阮[150]作穡人[151]若講出稻草
人，鳥仔就毋驚[152]--矣，攏講是兄弟仔。講--來
嘛真笑詼[153]，粟鳥仔毋但毋驚遮的兄弟仔，顛
倒[154]規陣[155]飛來飛去咧欣賞、議論比並[156]看佗

---

[142] in：第三人稱所有格，他的。
[143] 生理：sing-lí，生意。
[144] 四界：sì-kuè，四處、到處。
[145] 平洋：pînn-iûnn，平原。
[146] 播稻仔：pòo tiū-á，插秧、種稻。
[147] 曆角鳥：tshù-kak-tsiáu，麻雀，又稱「粟鳥仔」。
[148] 粟仔：tshik-á，稻穀、穀子。
[149] 坵：khu，量詞，計算田園的單位。
[150] 阮：guán，我們，不包括聽話者。
[151] 作穡人：tsoh-sit-lâng，農人。
[152] 驚：kiann，怕、害怕。
[153] 笑詼：tshiò-khue，好笑、滑稽。
[154] 顛倒：tian-tò，反而。

[157]一身稻草人徛的姿勢較好看。作田人氣甲指鳥仔一直 tshoh[158]，彼鳥仔嘛毋認輸，tsiuh-tsiuh 叫[159]罵--轉去[160]。作穡人想講別項就毋知，若鳥仔是滿四界[161]，精差[162]有較歹[163]掠[164]niâ。

人客笑笑仔解說，毋是欲愛粟鳥仔，in 日本人佮意[165]--的是文鳥、錦鳥、十姊妹這類的鳥仔。庄跤人煞[166]攏愣--去，佇田庄，若欲講鳥仔類是真濟，粟鳥仔莫[167]講，閣有烏鶖[168]、烏

---

155 規陣：kui-tīn，整群。規：kui，整個。

156 比並：pí-phīng，比較。

157 佗：toh，哪（一）。

158 tshoh：用粗話咒罵。

159 tsiuh-tsiuh 叫：tsiuh-tsiuh-kiò，擬聲詞，鳥叫聲。

160 轉去：tńg-khì，回去。

161 滿四界：muá-sì-kè，到處、遍地、四處都是。

162 精差：tsing-tsha，差別；只是；差只差。

163 歹：pháinn，不容易、難。

164 掠：liàh，抓住、捕捉。

165 佮意：kah-ì，中意、喜歡。

166 煞：suah，竟然。

167 莫：mài，勿、別、不要。

168 烏鶖：oo-tshiu，大捲尾。

喙鐍仔[169]、白頭 khiat 仔[170]、bāng-tang 仔[171]、
燕仔、青雉仔[172]、紅頭仔[173]……啥物怪花雜色
--的都有，就是毋知有啥物文鳥、錦鳥、十姊
妹。人客提出幾張相片，解說講佗一隻是文
鳥，一隻公司出價六十箍[174]，佗一隻是錦鳥，
一隻是九十箍，另外彼[174]十姊妹一隻是二十
箍，攏是飼甲變鳥 thûn 仔[176]就會使[177]賣，公司
有另外倩[178]人專門咧孵鳥仔囝，會使去共公司
買轉來飼。

　　庄跤作穡人聽著一隻鳥仔值幾十箍，逐

---

[169] 烏喙鐍仔: oo-tshuì-pit-á, 斑文鳥, 膠角質的嘴, 稱鐍。

[170] 白頭 khiat 仔: pe̍h-thâu-khiat-á, 白頭翁。

[171] bāng-tang 仔: bāng-tang-á, 台灣鶲鶯、灰頭鶲鶯、灰頭布袋鳥。

[172] 青雉仔: tshinn-tī-á, 綠繡眼。

[173] 紅頭仔: âng-thâu-á, 紅頭山雀。

[174] 彼: he, 那個。

[175] 箍: khoo, 元, 計算金錢的單位。

[176] 鳥 thûn 仔: tsiáu-thûn-á, 亞成鳥。

[177] 會使: ē-sái, 可以、能夠。

[178] 倩: tshiànn, 聘僱、僱用。

个舌仔吐吐，彼陣的工價，一个播田[179]工嘛才三十箍 niâ，一隻看--起-來都無啥的毋成[180]鳥仔哪會[181]遐[182]好價[183]？規庄攏 hán[184]--起-來，彼个人客閣去別庄宣傳的時陣[185]，庄內人咧會[186]講這款頭路會做--得，橫直播田、插甘蔗一甲當[187]收--起-來，準講[188]免[189]本全趁--的嘛無幾圓，飼鳥仔閣是輕可[190]工課[191]，敢是天公伯--仔咧鬥保庇才有這款好空的代誌？干焦庄仔

---

179 播田：pòo-tshân, 插秧。
180 毋成：m̄-tsiânn, 達不到某標準、不像、算不上。
181 哪會：nah-ē, 怎麼會。
182 遐：hiah, 那麼。
183 好價：hó-kè, 價錢高。
184 hán：喧騰。
185 時陣：sî-tsūn, 時候。
186 會：huē, 談論。
187 一甲當：tsit kah-tong, 面積相當於一甲。
188 準講：tsún-kóng, 假設、如果。
189 免：bián, 不必、不用、無須。
190 輕可：khin-khó, 輕鬆。
191 工課：khang-khuè, 工作,「功課」的白話音。

內上[192]無人緣，眾人嫌的破格[193]成--仔一枝屎桮[194]喙[195]講：

「世間有遐好的代誌？莫戇[196]--啊，好空--的哪有通[197]著[198]甲[199]咱！彼箍[200]人恁毋通[201]看伊 se-bí-looh 穿甲俏俏[202]，凡勢[203]是諞仙仔[204]！」

阮三叔--仔真氣，罵伊講：「你這个嘐潲[205]成--仔，彼个人是我的朋友，是我較捌[206]--

---

[192] 上：siōng，最。

[193] 破格：phuà-keh，罵人說話不得體、烏鴉嘴或是命理上對命格的負面用語。

[194] 屎桮：sái-pue，如廁後，擦拭屁股用的竹片。

[195] 喙：tshuì，嘴。

[196] 戇：gōng，傻、呆。

[197] 有通：ū-thang，有可能、有得。

[198] 著：tioh，輪到。

[199] 甲：kah，到。

[200] 箍：khoo，計算人的單位，彼箍人，貶意。

[201] 毋通：m̄-thang，不可以。

[202] 俏俏：tshio-tshio，光艷亮麗、拉風。

[203] 凡勢：huān-sè，說不定、也許。

[204] 諞仙仔：pián-sian-á，拐子、騙子。

[205] 嘐潲：hau-siâu，虛妄、撒謊、誇張。

伊抑是[207]你較熟似？你家己散[208]甲鬼欲掠--去，
閣也會講人的閒仔話[209]！橫直好額散[210]是恁兜
的代誌，莫佇遮烏白[211]亂念潲拍嘓[212]就好。破
格成--仔破格喙[213]！」

　　過幾工，人客閣來庄--裡，tshuā 阮三叔佮
幾个厝邊[214]去到雲林海口，遏有人較早飼十
姊妹，講有趁著錢。規陣人騎鐵馬去，攏載
規籠鳥仔轉--來，講是彼戶海口人有影飼過一
水[215]五十隻十姊妹，攏總[216]賣一千箍，就共錢
換鳥仔团，一隻五箍，攏總兩百隻，飼--3-個-

---

206 捌：bat，認識。

207 抑是：iah-sī，或是。

208 散：sàn，貧窮、窮困。

209 閒仔話：îng-á-uē，閒話、閒言閒語。

210 好額散：hó-giȧh-sàn，富有還是貧窮。

211 烏白：oo-pȧh，胡亂、隨便。

212 念潲拍嘓：liām siâu phah khok，誦經敲木魚。潲：siâu，
精液。嘓：khok，木魚。

213 破格喙：phuà-keh-tshuì，烏鴉嘴。

214 厝邊：tshù-pinn，鄰居。

215 水：tsuí，量詞，計算農產、畜產的批次。

216 攏總：lóng-tsóng，一共、全部、總共。

月-啊就閣會使賣，彼時就有四千箍--啊，較贏
咧作一甲地。閣講等本錢較粗--咧[217]才換買一
隻二十幾箍的文鳥抑是錦鳥轉來飼，按呢趁較
有。

庄內人錢紮[218]無遐濟，嘛猶驚驚，就一个
開五十箍，買十隻十姝妹，轉--來，阮三叔--仔
一擺[219]雄雄就買一百隻十姝妹閣文鳥、錦鳥一
項五對，無夠錢 in 朋友先予伊欠，講等賣了趁
錢才還。

我起先掠準[220]鳥仔食蟲就好，哪知講愛[221]
閣共公司買專工為這款鳥仔製造的飼料，米
仔佮番麥仔[222]落去濫[223]--的，親像[224]人按呢，

---

217 -- 咧：--leh，置於句末，用以加強語氣。
218 紮：tsah，攜帶。
219 擺：pái，次，計算次數的單位。
220 掠準：liáh-tsún，以為、誤以為。
221 愛：ài，要、必須。
222 番麥仔：huan-beh-á，玉米。
223 濫：lām，參雜、混合。
224 親像：tshin-tshiūnn，好像、好比。

一工飼三頓，逐早起[225]都愛清鳥櫥仔，添飼
料、清水，共鳥仔屎摒[226]清氣[227]。我真愛鬥相
共[228]，文鳥、錦鳥抑是十姊妹攏猶細隻，毛黃
黃、短短，毋過 tsiuh-tsiuh 叫的聲，佇恬靜的
透早[229]特別好聽。

鳥仔一日一日大，我的囡仔伴[230]，阿生
佮客人[231]囡仔阿朋(phông)仔、阿潤(jún)仔攏真欣
羨[232]，定定來阮兜看鳥仔，in 想欲飼鳥仔食飼
料，我講 in 袂曉[233]，袂使[234]烏白飼，彼陣，
我心情足[235]煬[236]。真緊[237]，鳥仔毛愈發[238]愈

---

225 早起: tsái-khí, 早上。

226 摒: piànn, 傾倒。

227 清氣: tshing-khì, 乾淨。

228 鬥相共: tàu-sann-kāng, 幫忙、幫助、協助。

229 透早: thàu-tsá, 一早、大清早。

230 囡仔伴: gín-á-phuānn, 童年玩伴。

231 客人: Kheh-lâng, 客家人。

232 欣羨: him-siān, 羨慕。

233 袂曉: bē-hiáu, 不懂、不會。

234 袂使: bē-sái, 不可以。

235 足: tsiok, 非常。

236 煬: iāng, 神氣、趾高氣昂、揚揚得意。

長，鳥仔嘛媠[239]--起-來，文鳥是白--的，毛白鑠
鑠[240]，錦鳥是青濫白，閣較[241]媠，十姊妹嘛真
古錐[242]。鳥仔愈大隻，三叔--仔心肝愈歡喜，
我就愈煩惱，我知影遮的[243]古錐的鳥仔會予阿
叔賣--去。

　　煩惱罔[244]煩惱，鳥 thûn 仔總--是愛賣才有
錢，彼工，人客佮兩个公司的人駛一台貨物仔
車來，人客紹介彼个嘛是穿西裝--的講是公司
的經理，另外一个是駛車的運轉手[245]，有飼鳥
仔--的攏來阮門口埕[246]交。經理講價數[247]佮進

---

237 緊：kín, 快、迅速。

238 發：huat, 長出。

239 媠：suí, 美、漂亮。

240 白鑠鑠：pe̍h-siak-siak, 白皚皚、白晃晃、閃閃發亮。

241 閣較：koh-khah, 更加。

242 古錐：kóo-tsui, 可愛。

243 遮的：tsiah-ê, 這些。

244 罔：bóng, 雖然。

245 運轉手：ūn-tsuán-tshiú, 駕駛員、司機。

246 門口埕：mn̂g-kháu-tiânn, 前庭、前院。

247 價數：kè-siàu, 價格。

前品[248]--的無仝[249]--矣，日本彼片[250]市草的關
係。飼鳥仔戶 hì-hè 叫[251]，想講這聲害--矣[252]。
破格成--仔佇邊--仔[253]冷冷講：

「我都知--咧，出問題--矣-乎[254]！」

經理宣佈講較早一隻九十箍的文鳥，這
馬[255]一隻賭[256]八十 niâ；錦鳥嘛有落[257]，較早是
六十，這陣賭五十五箍。三叔--仔講伊一項才
攏飼十隻 niâ，佳哉[258]損失無濟，上關心--的是
十姊妹落偌濟[259]？庄內人嘛攏飼十姊妹 niâ，

---

[248] 品：phín, 約定、議定。

[249] 仝：kâng, 相同。

[250] 彼片：hit pîng, 那邊。

[251] hì-hè 叫：hì-hè-kiò, 人多且噪雜。

[252] 這聲害 -- 矣：chit-siann hāi--ah, 這下完了。

[253] 邊 -- 仔：pinn--á, 旁邊。

[254] 乎：honnh, 表示預言正確。

[255] 這馬：tsit-má, 現在。

[256] 賭：tshun, 剩下。

[257] 落：lak, 下降。

[258] 佳哉：ka-tsài, 好在、幸虧、幸好。

[259] 偌濟：juā-tsē, 多少。

逐个耳仔摸[260]長長斟酌聽。經理講：

「嘛毋知按怎[261]，這十姊妹眞反常，一隻
煞倒[262]起[263]五籠，這馬一隻是收二五籠。」

眾人有夠歡喜，干焦破格成--仔面[264]紅
紅。經理共鳥仔攏掠入去車頂的鳥籠仔內，
撏[265]一摺[266]銀票出--來，欲發予[267]逐个。三叔--
仔講欲閣飼，問伊敢有載鳥仔囝來？經理講：

「無--啦，恁若欲閣買鳥仔囝，來共我登
記，明仔再[268]才載--來，毋過價數愛先品--一-
下，文鳥佮錦鳥一對減兩籠，十姊妹本底一隻
愛起五角，毋過爲答謝原客戶，今仔日賣的錢
欲換鳥仔囝--的，一隻全款是五籠，若欲加買

---

[260] 摸：giú，拉、拉扯。

[261] 按怎：án-tsuánn，怎麼樣。

[262] 倒：tò，反而、相反。

[263] 起：khí，上漲。

[264] 面：bīn，臉。

[265] 撏：jîm，摸出；掏。

[266] 摺：tsih，量詞，計算折疊的書本等等有幾疊。

[267] 予：hōo，給、給予。

[268] 明仔再：bîn-á-tsài，明天。

抑是新客戶攏著愛[269]一隻五箍半才欲賣。欲愛--的今仔日愛先登記，明仔再才有 in 的額。」

有人講臨時臨 iāu[270] 無錢通[271]買，經理講是先登記，等掠著鳥仔囝才付錢就會使。這擺，連上鐵齒[272]兼破格的成--仔嘛登記一百隻的十姊妹，閣有隔壁庄聽著風聲走[273]--來-的嘛攏搶欲登記，對過畫[274]舞[275]甲欲暗[276]才處理好勢[277]。

翻轉工[278]，一暝三台貨物仔車載鳥仔囝佮飼料來，算算--咧，連蓄[279]飼料的錢攏總這攤就收欲二十萬。閣來，規庄攏咧飼十姊妹，阿

---

[269] 著愛：tiòh-ài, 得。

[270] 臨時臨 iāu：lîm-sî-lîm-iāu, 一時之間。

[271] 通：thang, 可以。

[272] 鐵齒：thih-khí, 嘴硬、倔強。

[273] 走：tsáu, 跑。

[274] 過畫：kuè-tàu, 午後、過午時。

[275] 舞：bú, 折騰、忙著做某件事。

[276] 欲暗：beh-àm, 黃昏。

[277] 好勢：hó-sè, 妥當。

[278] 翻轉工：huan-tńg-kang, 隔日、翌日。

[279] 蓄：hak, 添置、購置, 金額較高。

生、阿朋仔佮阿潤仔 in 攏免閣來阮兜看鳥仔--
矣。

　　當然，三個月後，就揣無彼間公司的人，
鳥仔毋知欲賣予 siáng[280]，規陣人來揣阮三叔--
仔，伊煞講嘛毋知彼个朋友踮[281]佗位[282]，較早
佇台北嘛才佮伊見過兩改[283]面 niâ。

　　破格成--仔講：「我都知--咧，戇庄跤㧐
[284]！」

　　阮三叔--仔罵講：「你家己毋是嘛了
五百五十箍！攏是予你帶衰潲[285]--的，頂遍[286]
你無買，阮就攏趁有著錢！」

　　這擺的十姊妹事件，阮庄--裡的結論是
「破格成--仔害--的」。

---

siáng：誰、甚麼人，啥人 (siánn-lâng) 的合音。
踮: tuà, 住。
佗位: toh-ūi, 哪裡。
改: kái, 計算次數的單位。
庄跤㧐: tsng-kha-sông, 鄉巴佬、土包子。
帶衰潲: tài-sue-siâu, 連累、拖累、觸霉頭。
頂遍: tíng piàn, 上次。

甘蔗園記事

　　捌[1]有人問我上[2]愛食啥物[3]果子，我斟酌[4]想了後[5]，講是「甘蔗」。甘蔗敢[6]有算是果子？我嘛[7]毋[8]知。街路邊常在[9]有人咧[10]賣甘蔗，攏[11]是削好，剁做一節一節用塑膠橐仔[12]

---

[1]　捌：bat，曾。

[2]　上：siōng，最。

[3]　啥物：siánn-mih，什麼。

[4]　斟酌：tsim-tsiok，仔細、注意。

[5]　了後：liáu-āu，之後。

[6]　敢：kám，疑問副詞，提問問句。

[7]　嘛：mā，也。

[8]　毋：m̄，否定詞。

[9]　常在：tshiâng-tsāi，經常、時常。

[10]　咧：leh，正…、…著，表示進行中。

[11]　攏：lóng，都。

[12]　橐仔：lok-á，袋子。

貯[13]--咧，一包賣五十抑是[14]一百箍[15]，彼[16]我
毋是真佮意[17]。我愛食甘蔗的趣味是齧[18]甘蔗
皮，若有彼無削皮干焦[19]剁做短節 niâ[20]--的，我
無買的確袂[21]過癮。我食甘蔗的工夫真厲害，
較硬--的目我都有才調[22]嚙[23]，這是自我做囡
仔[24]時代就練--出-來的本等，彼[25]時，阮[26]食--
的是青皮--的，叫做「原料甘蔗」，市面上這
款[27]紅皮--的，阮講是「臘甘蔗」，原料甘蔗

---

[13] 貯：té, 裝、盛。

[14] 抑是：iah-sī, 或是。

[15] 箍：khoo, 元，計算金錢的單位。

[16] 彼：he, 那個。

[17] 佮意：kah-ì, 中意、喜歡。

[18] 齧：khè, 啃。

[19] 干焦：kan-tann, 只有、僅僅。

[20] niâ：而已。

[21] 袂：bē, 不會。

[22] 才調：tsâi-tiāu, 能力、才能、本領。

[23] 嚙：gè, 啃。

[24] 做囡仔：tsò gín-á, 孩提、幼時。

[25] 彼：hit, 那。

[26] 阮：guán, 我們，不包括聽話者。

[27] 這款：tsit khuán, 這種。

比臘甘蔗較硬。

　　彰化規[28]片的平洋[29]攏是種作[30]的肥田好土地，佇[31]我記智[32]內底[33]自來[34]的景觀干焦播田[35]佮[36]插甘蔗，阮講播田就是種稻仔的意思，毋過[37]作穡人[38]無講「種稻仔」這款話。插甘蔗聽講[39]是日本人來了後才有--的，為著[40]糖廠的經濟效益，共[41]真濟[42]農地改落去[43]插甘

---

[28] 規：kui，整個。

[29] 平洋：pînn-iûnn，平原。

[30] 種作：tsìng-tsoh，耕種、栽種。

[31] 佇：tī，在。

[32] 記智：kì-tì，記憶、記性。

[33] 內底：lāi-té，裡面。

[34] 自來：tsū-lâi，向來、從來。

[35] 播田：pòo-tshân，插秧。

[36] 佮：kap，和、與。

[37] 毋過：m̄-koh，不過、但是。

[38] 作穡人：tsoh-sit-lâng，農人。

[39] 聽講：thiann-kóng，聽說、據說。

[40] 為著：ūi-tiòh，為了。

[41] 共：kā，把、將。

[42] 濟：tsē，多。

[43] 落去：lòh-khì，下去。

蔗，當然是製糖用的原料甘蔗。彼時的農民佮
糖廠契約，由廠方提供本錢予[44]農民整地[45]、
買蔗種，甘蔗剉[46]了，總交予糖廠。廠--裡為
欲[47]提高產量，派人員巡蔗園，叫做「顧更

---

[44] 予：hōo，給、給予。

[45] 整地：tsiánn-tē。

[46] 剉：tshò，砍、砍伐。

[47] 欲：beh，要、想，表示意願。

仔[48]」，若有人食原料甘蔗予[49] in[50] 掠--著[51]，會處罰。講--來嘛真酷刑[52]，家己[53]種的甘蔗，煞[54]袂使[55]食，引起真濟不滿，閣[56]毋但[57]按呢[58] niâ，甘蔗捙[59]去製糖會社，磅重攏是會社的人咧主意[60]，in 磅了寫單予蔗農，單註講偌重[61]就偌重，蔗農照單領錢。有人捌試--過，

---

48 顧更仔：kòo-kenn-á，爲糖廠所雇，巡視甘蔗園，以防人們偷食原料甘蔗。

49 予：hōo，被；讓。

50 in：他們。

51 掠--著：liàh--tiòh，抓到。著：tiòh，到，動詞補語，表示動作之結果。

52 酷刑：khok-hîng，蠻不講理；嚴酷。也作酷行。

53 家己：ka-tī，自己。

54 煞：suah，竟然。

55 袂使：bē-sái，不可以。

56 閣：koh，還、再加上。

57 毋但：m̄-tānn，不只、不光。

58 按呢：án-ni，án-ne，這樣、如此。

59 捙：tshia，以車子搬運東西。

60 主意：tsú-ì，決定、做主。

61 偌重：juā tāng，多重。

一台甘蔗磅--過了後，講是幾噸，閣加[62]六个[63]大人起--lih[64]，全款[65]嘛是彼个重量，彼磅仔[66]根本都袂準。就是按呢，民間有一句供體[67]的話講「第一戇[68]，插甘蔗予會社磅」，為著這層[69]，老一輩--的攏知影[70]，我的故鄉彰化二林發生過一件台灣史上的大代誌[71]，蔗農佮日本政府和製糖會社的衝突，就是「二林蔗農事件」，這毋是我欲講的主題。

我讀國民學校的時，對[72]阮[73]兜[74]欲去學校

---

[62] 加：ke, 增加。

[63] 个：ê, 個。

[64] 起 --lih：khí--lih, 上去。

[65] 全款：kāng-khuán, 一樣。

[66] 磅仔：pōng-á, 磅秤。

[67] 供體：king-thé, 挖苦、諷刺。

[68] 戇：gōng, 傻、呆。

[69] 層：tsân, 計算事情的單位。

[70] 知影：tsai-iánn, 知道。

[71] 代誌：tāi-tsì, 事情。

[72] 對：ùi, 從、由。

[73] 阮：guán, 我的，第一人稱所有格。

[74] 兜：tau, 家。

的路--裡，有幾若[75]坵[76]甘蔗園，甘蔗大欉[77]了後，葉仔密--起-來，人覕[78]佇甘蔗園內底無人知，阮學生囡仔[79]隨身紮[80]番刀仔，刀仔柄[81]曲曲[82]，用規捾[83]樹奶[84]結[85]踮[86]褲頭[87]，削鉛筆用--的，刜[88]甘蔗當然嘛真理想。鑽入去[89]甘蔗園，一人取一枝就嚙就捽[90]，食歡喜了後閣會當[91]

---

[75] 幾若：kuí-nā，許多、好幾。

[76] 坵：khu，量詞，計算田園的單位。

[77] 大欉：tuā-tsâng，高大、大顆。

[78] 覕：bih，躲藏、隱藏、藏匿。

[79] 學生囡仔：ha̍k-sing gín-á，學童。

[80] 紮：tsah，攜帶。

[81] 刀仔柄：to-á-pìnn，刀柄。

[82] 曲曲：khiau-khiau，彎曲。

[83] 捾：kuānn，量詞，串。

[84] 樹奶：tshiū-ling，橡皮筋。

[85] 結：kat，打結；綁。

[86] 踮：tiàm，在。

[87] 褲頭：khòo-thâu，褲腰。

[88] 刜：phut，斜砍、橫砍。

[89] 入去：ji̍p-khì，進去。

[90] 捽：sut，迅速地吃、狼吞虎嚥。

[91] 會當：ē-tàng，可以。

掩咯雞[92]覕相揣[93]，精差[94]蠓仔[95]真厚[96]，閣蔗葉
仔利劍劍[97]，無細膩[98]會割甲[99]大空細裂[100]。

我細漢[101]真愛看人剉甘蔗，彼陣[102]若無
「顧更仔」來巡邏，逐[103]个攏會使[104]甘蔗食
甲歡喜，主人袂講甲一句閒仔話[105]。剉甘蔗
真心適[106]，一班人分做幾若組，頭行[107]負責

---

[92] 掩咯雞：am-kòk-ke, 捉迷藏。

[93] 覕相揣：bih-sio-tshuē, 捉迷藏、躲貓貓。

[94] 精差：tsing-tsha, 差別；只是；差只差。

[95] 蠓仔：báng-á, 蚊子。

[96] 厚：kāu, 指抽象或不可數的「多」。

[97] 利劍劍：lāi-kiàm-kiàm, 尖銳、銳利、鋒利。

[98] 無細膩：bô-sè-jī, 不小心。

[99] 割甲：kuah kah, 割得。甲：kah, 到, 到……的程度。

[100] 大空細裂：tuā-khang-sè-lih, 傷痕累累。

[101] 細漢：sè-hàn, 小時候。

[102] 彼陣：hit-tsūn, 那時候。

[103] 逐个：tàk ê, 每個、各個。

[104] 會使：ē-sái, 可以、能夠。

[105] 閒仔話：îng-á-uē, 閒話、閒言閒語。

[106] 心適：sim-sik, 有趣、好玩。

[107] 行：kiânn, 量詞, 計算人員分組的單位。

共甘蔗對頭剉--落-來[108]，二行是剁蔗尾，結[109]
規摠[110]，這是牛上興[111]的食物。三行--的負責
剗[112]蔗根，剗是用刀反手勢倒頭[113]圖[114]的意
思，嘛有人就講是「修蔗根」。剗好勢[115]，
兼共剁做差不多四節。上尾行--的就貿[116]捆，
用草索仔[117]共規堆甘蔗捆做夥[118]，等剉了，逐
个[119]才合齊共一捆一捆的甘蔗搬去牛車頂，拖
去有糖廠五分仔火車[120]經過的鐵枝路[121]邊，予

---

[108] 落來: lȯh-lâi, 下來。

[109] 結: hâ, 束。

[110] 摠: tsáng, 量詞，計算綁成束的物體的單位。

[111] 興: hìng, 喜好、喜歡、愛好。

[112] 剗: lân, 去枝葉。

[113] 倒頭: tò-thâu, 倒反、顛倒。

[114] 圖: khau, 刨、刮、削。

[115] 好勢: hó-sè, 妥當。

[116] 貿: bāu、bȧuh, 包辦、總攬。

[117] 草索仔: tsháu-soh-á, 草繩。

[118] 夥: tsò-huè, 一起。

[119] 逐个: tȧk-ê, 每個、各個。

[120] 五分仔火車: gōo-hun-á hué-tshia, 台糖早期載運甘蔗的
小火車，其鐵道軌距為為國際標準軌軌距的一半，因
此被民間稱為「五分仔車」。

烏台[122]捙去會社。

　　甘蔗開始剝蔗箬仔[123]，就是欲[124]會甜--
矣[125]，阮遮[126]的囡仔[127]知影欲有甘蔗通[128]食--
矣，我上愛看剝甘蔗箬的姑娘，頭巾面巾手
袖[129]手囊[130]包甲規身軀[131]密𩜒𩜒[132]，行路[133]閣
會那唱歌那[134]扭，留佇我的記智--的，逐个身

---

[121]　鐵枝路：thih-ki-lōo，鐵軌、鐵路。

[122]　烏台：oo-tâi，。只有車身，無車廂之載貨火車。

[123]　甘蔗箬仔：kam-tsià-há̍h-á，甘蔗籜。箬仔：há̍h-á，葉
　　鞘，指包覆竹、筍、甘蔗等的莖稈外的硬殼，成管狀
　　包在莖外者。

[124]　欲：beh，將要、快要。

[125]　-- 矣：--ah，語尾助詞，表示完成或新事實發生。

[126]　遮：tsia，這裡。

[127]　囡仔：gín-á，小孩子。

[128]　通：thang，可以。

[129]　手袖：tshiú-siū，袖套。

[130]　手囊：tshiú-lông，手套。

[131]　規身軀：kui sin-khu，渾身、全身、滿身。

[132]　密𩜒𩜒：ba̍t-tsiuh-tsiuh，密不通風、密密匝匝。

[133]　行路：kiânn-lōo，走路。

[134]　那……那……：ná…… ná……，一邊……一邊……。

影攏眞妖嬌[135]、迷--人。有一擺[136]我放學覕佇
甘蔗園內，偷食一枝甘蔗了，欲轉--去[137]的路--
裡，頭前[138]有一陣[139]剉蔗箬煞[140]欲轉[141]厝的姑
娘，in 幾若个那行[142]那講笑[143]，干焦一个無咧
佮 in 講笑，家己綴[144]佇上 òo 尾[145]咧唱歌，我
聽無伊[146]咧唱啥物，毋過知影是民間時行[147]的
唸歌，聲低低、幼幼[148]，有一種深情予我愈聽

---

[135] 妖嬌：iau-kiau, 窈窕、嫵媚、嬌艷。
[136] 擺：pái, 次, 計算次數的單位。
[137] 轉 -- 去：tńg--khì, 回去。
[138] 頭前：thâu-tsîng, 前面。
[139] 陣：tīn, 群。
[140] 煞：suah, 結束。
[141] 轉：tńg, 返回。
[142] 行：kiânn, 行走。
[143] 講笑：kóng-tshiò, 談笑、說笑。
[144] 綴：tuè, 跟隨。
[145] 上 òo 尾：siōng òo-bué, 最後面。
[146] 伊：i, 她、他、牠、它, 第三人稱單數代名詞。
[147] 時行：sî-kiânn, 流行、盛行。
[148] 幼幼：iù-iù, 纖細。

愈迷，煞袂記得[149]轉去阮兜的路愛[150]斡角[151]，
綴彼个姑娘後壁[152]一直行，到 in 兜門口埕，
看伊共伏面[153]的巾仔敨[154]--起-來，才知是阿
梅，看著[155]伊的面[156]，煞無感覺有偌媠[157]。彼
工[158]傷[159]晏[160]轉--去，予阮 i--仔[161]罵，真算袂
和[162]。

　　有一段日子，阮庄--裡 hán 講[163]甘蔗園有

---

[149] 袂記得: buē kì-tit, 忘記。

[150] 愛: ài, 要、必須。

[151] 斡角: uat-kak, 拐彎、拐角。

[152] 後壁: āu-piah, 後面。

[153] 伏面: ho̍k-bīn, 蒙面。

[154] 敨: tháu, 打開、解開。

[155] 看著: khuànn-tio̍h, 看到。著: tio̍h, 到, 動詞補語, 表示動作之結果。

[156] 面: bīn, 臉。

[157] 媠: suí, 美、漂亮。

[158] 彼工: hit kang, 那一天。

[159] 傷: siunn, 太、過於。

[160] 晏: uànn, 晚、遲。

[161] i-- 仔: i-á, 平埔族稱呼母親。

[162] 算袂和: sǹg-bē-hô, 划不來。

[163] hán 講: hán-kóng, 傳言。

歹物仔[164]，阮序大人[165]特別交代講毋通[166]傷入--去，有人捌看著紅頭鬃[167]的青面獠牙佇園內跳來跳去，講舌仔閣吐吐，隔壁庄有人看--著，驚破膽[168]，收驚收袂好。學校嘛有咧傳這號消息，先生[169]嘛攏吩咐，放學愛隨[170]轉--去，毋通要[171]傷晏，較袂出代誌。原本阮是無啥咧信篤[172]，毋過想--起-來猶是[173]膽膽[174]，就偷剉大路邊的甘蔗罔[175]解燥[176]。大路邊--的較

---

[164] 歹物仔：pháinn-mih-á, 妖物、魍魎、不吉事物。

[165] 序大人：sī-tuā-lâng, 父母、雙親、長輩。

[166] 毋通：m̄-thang, 不可以。

[167] 頭鬃：thâu-tsang, 頭髮。

[168] 驚破膽：kiann-phuà-tánn, 驚嚇過度。

[169] 先生：sian-sinn, 教師、老師。

[170] 隨：suî, 立刻、立即。

[171] 要：sńg, 玩耍。

[172] 信篤：sìn-táu, 聽信、理會。

[173] 猶是：iáu sī, 還是。

[174] 膽膽：tám-tám, 怕怕的、怯生生。

[175] 罔：bóng, 姑且、將就。

[176] 燥：sò, 燥熱、火氣。

細欉[177]，甜分較無夠，甘蔗絲閣特別韌，若無
細膩會連喙齒[178]都予甘蔗挽[179]--去，若毋是姑
不二三衷[180]，阮實在袂癮[181]食。

我講姑不二衷[182]是有影[183]--的，阮食甘蔗
愛避雙重危險，毋但驚[184]主人看--著，閣著[185]
斟酌「顧更仔」，阮附近幾若庄頭[186]的人有講
通和[187]，便若[188]有人看著顧更仔出來巡邏，無
論偌遠，就會喝[189]講：

---

[177] 欉：tsâng, 計算植株的單位，棵。

[178] 喙齒：tshuì-khí, 牙齒。

[179] 挽：bán, 拔。

[180] 姑不二三衷：ko-put-jī-sam-tsiong, 不得已、無可奈何，
比「姑不二衷」更強調的說法。

[181] 袂癮：bē-giàn, 不願。

[182] 姑不二衷：ko-put-jī-tsiong, 不得已、無可奈何。

[183] 有影：ū-iánn, 的確、真的。

[184] 驚：kiann, 怕、害怕。

[185] 著：tioh, 得、要、必須。

[186] 庄頭：tsng-thâu, 村子、村落。

[187] 講通和：kóng-thong-hô, 串通。

[188] 便若：piān-nā, 凡是、只要。

[189] 喝：huah, 呼喊。

「牛相觸[190]！」

這句是暗號，聽--著的人就緊[191]共手--裡咧食的原料甘蔗抦[192]掉，這毋知愛講是「自力救濟」抑是現代話講的『守望相助』。有一擺，阮同學阿生，in 阿舅來，買一枝臘甘蔗做等路[193]，伊拄[194]攑[195]一節咧嚙，聽著人喝「牛相觸」，趕緊共甘蔗抦落圳溝仔底。我共[196]講：

「你食--的是臘甘蔗，哪[197]著抦掉？」

伊才想--著，跳落去溝仔底揣[198]彼節甘蔗，摸真久，kō[199]甲規身軀的漉糊仔糜[200]，按呢就通知影這句話有偌恐怖！另外阮閣驚主人

---

[190] 相觸：sio-tak，牛、羊等用角相抵撞。

[191] 緊：kín，快、迅速。

[192] 抦：phiann，隨便丟、扔。

[193] 等路：tán-lōo，拜訪時，客人送的禮物。

[194] 拄：tú，才剛、剛。

[195] 攑：giàh，拿。

[196] 共：kā，跟、向。

[197] 哪：nah，怎麼。

[198] 揣：tshuē，找、尋找。

[199] kō：沾染、沾污。

[200] 漉糊仔糜：lòk-kôo-á-muê，爛泥巴。

看--著，囡仔伴[201]家己發明暗號，若喝：

「鵁鴒[202]鵁鴒飛上山！」

親像[203]囡仔做度晬[204] tshuā[205] 出去喝鵁鴒按呢，大人較袂犯憢疑[206]。佇阮遐[207]，便若大人看著囡仔咧偷剉甘蔗，準講[208]毋是彼坵甘蔗園的主人，嘛會嚷[209]囡仔，講若寵倖[210]囡仔細漢偷挽[211]匏，大漢[212]就有可能偷牽牛。通常若予大人抑是主人看阮偷甘蔗去食，有--是唸--兩句 niâ，袂有啥大代誌。有時仔[213]阮激皮皮[214]--

---

201 囡仔伴: gín-á-phuānn, 童年玩伴。

202 鵁鴒: lāi-hiòh, 老鷹。

203 親像: tshin-tshiūnn, 好像、好比。

204 做度晬: tshuè tōo-tsè, 舉行幼兒滿週歲的儀式。

205 tshuā: 帶、帶領。

206 犯憢疑: huān giâu-gî, 被人猜疑、嫌疑。

207 遐: hia, 那裡。

208 準講: tsún- kóng, 假設、如果。

209 嚷: jiáng, 叱罵。

210 寵倖: thíng-sīng, 溺愛、寵愛、縱容。

211 挽: bán, 摘取。

212 大漢: tuā-hàn, 長大成人。

213 有時仔: ū-sî-á, 有時候。

仔，無啥 tsùn-būn[215]--著，無親像對顧更仔遐[216]驚。

爲著hán 講有 mǹg-sǹg[217]--的佇甘蔗園，害阮這陣[218]猴囡仔[219]真久毋敢入去甘蔗園較內底去耍兼食一个夠氣[220]，閣隔壁庄開始咧型--矣，略略--仔[221]就型--對[222]遮來，會當食甘蔗的日子無濟--矣，蹛[223]別庄的同學笑阿生傷無膽，予人嚇--一-下就驚。阿生袂堪得[224]激，講欲頭一个入去甘蔗園掠魔神仔[225]，臨時臨

---

[214] 激皮皮：kik-phî-phî，厚著臉皮。

[215] tsùn-būn：在乎。

[216] 遐：hiah，那麼。

[217] mǹg-sǹg：魍魎、山魈。

[218] 陣：tīn，群。

[219] 猴囡仔：kâu-gín-á，小鬼頭、小蘿蔔頭。

[220] 夠氣：kàu-khuì，過癮、心滿意足。

[221] 略略--仔：liòh-liòh--á，稍微、約略。

[222] 對：tuì，向。

[223] 蹛：tuà，住。

[224] 袂堪得：bē-kham-tit，禁不起、禁不住。

[225] 魔神仔：môo-sîn-á，鬼魅、鬼怪、幽靈。

iāu²²⁶ 閣驚驚²²⁷，就招²²⁸我佮伊去，兼做伊有
入--去的見證。路--裡一直有庄--裡的人來去，
阮等到天欲齊暗，才鑽入去大崙²²⁹邊風聲講
有歹物²³⁰的甘蔗園，阿生煞叫我行頭前，伊
主角變配角，我無緣無故公親變事主，愈行
愈毋願，伊閣手共我摸絚絚²³¹，內面²³²是暗
so-so²³³，阿生去予蔗尾割--著，哀一聲，我予
伊驚一趒²³⁴，雄雄²³⁵附近有啥物物件²³⁶傱--出-
來²³⁷，敢若²³⁸有兩隻魔神仔分兩路傱對別个甘

---

²²⁶ 臨時臨 iāu：lîm-sî-lîm-iāu，一時之間。

²²⁷ 驚驚：kiann-kiann，怯生生、怕怕的。

²²⁸ 招：tsio，邀。

²²⁹ 崙：lūn，丘陵、山崗、山丘。

²³⁰ 歹物：pháinn-mih，壞東西、妖物。

²³¹ 摸絚絚：khiú ân-ân，抓得緊緊的。

²³² 內面：lāi-bīn，裡面。

²³³ 暗 so-so：àm-so-so，黑漆漆。

²³⁴ 驚一趒：kiann-tsit-tiô，嚇一跳。

²³⁵ 雄雄：hiông-hiông，突然間、猛然。

²³⁶ 物件：mih-kiānn，東西。

²³⁷ 傱 -- 出 - 來：tsông--tshut-lâi，慌亂跑出來。

²³⁸ 敢若：kánn-ná，好像。

蔗溝出--去，我驚甲 giōng 欲[239]破膽，阿生閣
較[240]譀[241]，講伊軟跤[242]，倒佇甘蔗溝 peh[243] 袂
起--來。橫直[244] mñg-sñg--的嘛走[245]--去-矣，阮
就佇園內歇--一-睏-仔[246]，佇阮頭前的股[247]溝敢
若有啥物件，我行倚[248]--去，是布料做的，暗
暗看無[249]是啥物件。阿生講是魔神仔的物件，
阮共抾[250]--起-來，會當提[251]轉去共人展[252]。

　　彼是人的頭巾、手袖佮內衫，阮阿爸佮阿

---

[239] giōng 欲：giōng-beh, 瀕臨、幾乎要。

[240] 閣較：koh-khah, 更加。

[241] 譀：hàm, 離譜、誇張。

[242] 跤：kha, 腳。

[243] peh：攀爬。

[244] 橫直：huâinn-tit, 反正。

[245] 走：tsáu, 跑。

[246] 一睏仔：tsit-khùn-á, 一會兒、一下子。

[247] 股：kóo, 量詞，計算園圃分區的單位。

[248] 倚：uá, 靠近。

[249] 看無：khuànn-bô, 看不見。

[250] 抾：khioh, 拾取、撿取。

[251] 提：thèh, 拿。

[252] 展：tián, 炫耀、誇耀。

生 in 兜的人研究的結果，講彼應該毋是魔神
仔的物件，我佮阿生感覺真失望，本底[253]阮掠
準[254]家己是英雄。阿生 in i--仔雄雄認--出-來，
講：

「這包巾佮手袖應該是阿梅的！」

我斟酌看，有影面熟，敢若彼工就是看伊
包這條巾仔。In 大人得著一个結論，講是阿梅
毋知佮 siáng[255] 咧戀愛，驚人看--著，覕佇甘蔗
園約會。阿生 in 阿爸唸一首歌講：

「佮君約佇後壁溝，菅尾拍結[256]做號
頭[257]，夭壽[258]啥人[259]共阮敨，拍歹[260]姻緣是無
gâu[261]。」

---

253 本底：pún-té，本來、原本。

254 掠準：liàh-tsún，以為、誤以為。

255 siáng：誰、甚麼人、啥人 (siánn-lâng) 的合音。

256 拍結：phah-kat，打結。

257 號頭：hō-thâu，記號、信號、標誌。

258 夭壽：iáu-siū，可惡、缺德。

259 啥人：siánn-lâng，誰、什麼人。

260 拍歹：phah-pháinn，損壞、毀傷。

261 gâu：能幹。

In 阿叔講這歌愛改做:「佮君約佇甘蔗溝,蔗尾拍結做號頭,夭壽死囡仔[262]傷假gâu[263],袂赴[264]穿衫雙頭[265]走。」

翻轉工[266]我去學校,按算[267]欲共同學宣佈講「甘蔗園已經清氣[268]--矣,免[269]驚啥妖魔鬼怪」,話講出喙[270],彼个同學就講伊知--矣,是 in 老爸破案--的,我一時捎無總[271]。彼个同學 in 老爸是街--裡[272]派出所的警察,昨暗[273]半暝[274],全所總動員,去搜查甘蔗園,掠著五

---

[262] 死囡仔:sí-gín-á,臭小子。

[263] 假 gâu:ké-gâu,自作聰明。

[264] 袂赴:bē-hù,來不及。

[265] 雙頭:siang-thâu,兩頭。

[266] 翻轉工:huan-tńg-kang,隔日、翌日。

[267] 按算:àn-sǹg,打算。

[268] 清氣:tshing-khì,乾淨。

[269] 免:bián,不必、不用、無須。

[270] 喙:tshuì,嘴。

[271] 捎無總:sa bô tsáng,抓不著頭緒。

[272] 街 -- 裡:ke--nih,市內。

[273] 昨暗:tsa-àm,昨晚、昨夜。

[274] 半暝:puànn-mî,半夜、午夜、子夜。

个別庄專門唰整[275]筊間[276]--的佮十外个[277]跋筊跤[278]。In 原本是佇都市設筊，風聲傷絚[279]，走來庄跤[280]的甘蔗園中央，用電池火炤[281]光開筊場[282]，警察有佇現場攏著妝做魔神仔的紅假頭毛佮痟鬼仔殼[283]，長長的喙舌[284]是一條紅布仔niâ。In 先嚇人講有鬼，按呢，較無人會半暝去甘蔗園破壞 in 的財路。

　　了後，有眞長的期間，我若看著甘蔗園，想--著的毋是彼幾个假鬼的筊徒[285]，是包甲密喌喌，那行那唱唸歌阿梅的形影，伊唱--的應該是：

---

[275] 整：tsíng，籌措、準備。

[276] 筊間：kiáu-king，賭場。

[277] 十外个：tsảp guā ê，十多個。

[278] 跋筊跤：puảh-kiáu-kha，賭友、賭伴。

[279] 絚：ân，緊。

[280] 庄跤：tsng-kha，鄉下。

[281] 炤：tshiō，照射、映照。

[282] 筊場：kiáu-tiûnn，賭場。

[283] 痟鬼仔殼：siáu-kuí-á-khak，面具。

[284] 喙舌：tshuì-tsih，舌頭。

[285] 筊徒：kiáu-tôo，賭徒。

「含笑過晝[286]芳[287]弓蕉[288]，手捾[289]茱籃挽
茶葉，驚爸驚母毋敢叫，假意呼(khoo)雞喝鵁
鴒。」

---

[286] 過晝：kuè-tàu，午後、過午時。

[287] 芳：phang，香。

[288] 弓蕉：kin-tsio，香蕉。

[289] 捾：kuānn，提、拎。

抾¹稻仔穗²

　　佇³一間咖啡店看著⁴複製的名畫「抾稻仔穗」，有影⁵畫甲⁶眞讚，毋過⁷我細漢⁸時代抾稻仔穗--的攏⁹是囡仔¹⁰，這幅畫--的是大人咧¹¹抾。

---

¹ 抾：khioh, 拾取、撿取。
² 稻仔穗：tiū-á-suī, 稻穗。
³ 佇：tī, 在。
⁴ 看著：khuànn-tiòh, 看到。著：tiòh, 到, 動詞補語，表示動作之結果。
⁵ 有影：ū-iánn, 的確、眞的。
⁶ 畫甲：uē kah, 畫得。甲：kah, 到, 到……的程度。
⁷ 毋過：m̄-koh, 不過、但是。
⁸ 細漢：sè-hàn, 小時候。
⁹ 攏：lóng, 都。
¹⁰ 囡仔：gín-á, 小孩子。
¹¹ 咧：leh, 正 …、… 著, 表示進行中。

佇阮[12]故鄉規[13]片的平洋[14]，靠播稻仔[15]食
飯是逐口灶[16]攏仝款[17]--的，作穡人[18]頇顢[19]變
竅[20]，毋[21]知外口[22]的社會閣[23]眞濟[24]無仝[25]的生
路。一年稻仔收早冬[26]佮[27]慢冬[28]兩擺[29]，是作

---

12 阮：guán，我的，第一人稱所有格；我們，不包括聽話
者。

13 規：kui，整個。

14 平洋：pînn-iûnn，平原。

15 播稻仔：pòo tiū-á，插秧、種稻。

16 逐口灶：tȧk kháu-tsàu，每一戶。

17 仝款：kāng-khuán，一樣。

18 作穡人：tsoh-sit-lâng，農人。

19 頇顢：han-bān，笨拙、不善。

20 變竅：piàn-khiàu，變通。

21 毋：m̄，否定詞。

22 外口：guā-kháu，外面。

23 閣：koh，仍然、還；另外。

24 濟：tsē，多。

25 無仝：bô-kâng，不同。

26 早冬：tsá-tang，第一期稻作。

27 佮：kap，和、與。

28 慢冬：bān-tang，第二期稻作。

29 擺：pái，次，計算次數的單位。

穡人所有的向望[30]，阮囡仔就趁機會去抾稻仔
穗。大人組割稻仔班，一班十外个[31]人，佇庄
--裡是相放伴[32]--的，一口灶出兩个人，先開會
排一個順序，看 siáng[33] 的粟仔[34]愛[35]先割，規班
先去割彼[36]坵[37]田，這坵割了才換割別戶--的，
pîn 頭仔[38]來，互相免付工錢，若去外庄割就
照工價收，總割了才由貿頭[39]共[40]工錢發予[41]眾
人。

　　這十外人組的割稻仔班分做三行[42]，頭行

---

[30]　向望：ǹg-bāng, 盼望、企望、想望。

[31]　十外个：tsa̍p guā ê, 十多個。

[32]　相放伴：sio-pàng-phuānn, 互相輪換、互相協助。

[33]　siáng：誰、甚麼人，啥人 (siánn-lâng) 的合音。

[34]　粟仔：tshik-á, 稻穀、穀子。

[35]　愛：ài, 要、必須。

[36]　彼：hit, 那。

[37]　坵：khu, 量詞，計算田園的單位。

[38]　pîn 頭仔：pîn-thâu-á, 依次、依序、照先後次序。

[39]　貿頭：ba̍uh-thâu, 承包工事的人。

[40]　共：kā, 把、將。

[41]　予：hōo, 給、給予。

[42]　行：kiânn, 量詞，計算人員分組的單位。

--的是攑⁴³鐮 lik 仔⁴⁴共稻仔對⁴⁵離塗⁴⁶量約⁴⁷一
掠⁴⁸懸⁴⁹所在⁵⁰的稻稿⁵¹割--落，一擺割一 bôo⁵²
十外欉，五、六 bôo 囥⁵³做一堆；二行--的就共
規堆稻仔做一把 mooh⁵⁴去機器桶⁵⁵邊，跤⁵⁶那⁵⁷
踏機器桶，手--裡的稻尾抐⁵⁸去唰踅⁵⁹的圓柴柱

43　攑: giȧh, 拿。

44　鐮 lik 仔: liâm-lik-á, 鐮刀。

45　對: ùi, 從、由。

46　塗: thôo, 地；泥土。

47　量約: liōng-iok, 大約、約略。

48　掠: liȧh, 約略估量的長度。

49　懸: kuân, 高。

50　所在: sóo-tsāi, 地方。

51　稻稿: tiū-kó, 稻桿。

52　bôo：計算叢生植物的單位。

53　囥: khǹg, 放置。

54　mooh：用雙臂及胸腹抱。

55　機器桶: ke-khì-tháng, 脫穀機。

56　跤: kha, 腳。

57　那: ná, 一面 ...。

58　抐: tu, 推。

59　踅: sȧh, 繞。

仔拍[60]，共粟仔拍--落-來[61]，落佇桶內，無粟仔
的稻稿抨[62]佇邊--仔[63]；上尾[64]行--的共稻稿總[65]
做規把，一把就叫做一總[66]，規總 tshāi[67] 徛[68]
佇田--裡。稻草等曝焦[69]了後[70]，才用牛車載
轉去[71]疊佇門口埕[72]尾，囤懸懸一堆，叫做草
囷[73]；看草囷懸低就通[74]知影[75]這口灶田作[76]偌

---

[60] 拍: phah, 拍打。

[61] 落來: lòh-lâi, 下來。

[62] 抨: phiann, 隨便丟、扔。

[63] 邊 -- 仔: pinn--á, 旁邊。

[64] 上尾: siōng bué, 最後。

[65] 總: tsáng, 綁成束。總: 文音 tsóng, 白音 tsáng。

[66] 總: tsáng, 量詞, 計算綁成束的物體的單位。

[67] tshāi: 豎立、放置。

[68] 徛: khiā, 立。

[69] 曝焦: phàk ta, 晒乾。

[70] 了後: liáu-āu, 之後。

[71] 轉去: tńg-khì, 回去。

[72] 門口埕: mn̂g-kháu-tiânn, 前庭、前院。

[73] 草囷: tsháu-khûn, 稻草堆。

[74] 通: thang, 可以。

[75] 知影: tsai-iánn, 知道。

[76] 作: tsoh, 耕種。

閣[77]。

　佇拋荒[78]的農村，稻草佇生活上扮演眞重要的角色，崁[79]厝頂[80]無茅仔[81]就用稻草，拍草索仔[82]嘛[83]著[84]稻草，上蓋[85]要緊--的是三頓煮飯燃火，柴是眞缺的罕物，過年炊[86]粿[87]愛慢火才甘[88]用，若日常煮飯、煠[89]豬菜[90]，攏嘛[91]用稻草。去草囷抽草總[92]來敨開[93]，共稻草纏做草

77　偌闊: juā khuah, 多寬。

78　拋荒: pha-hng, 荒蕪。

79　崁: khàm, 覆蓋。

80　厝頂: tshù-tíng, 屋頂。

81　茅仔: hm̂-á, 茅草。

82　拍草索仔: phah tsháu-soh-á, 做草繩。

83　嘛: mā, 也。

84　著: tio̍h, 得、要、必須。

85　上蓋: siōng-kài, 最。

86　炊: tshue, 蒸。

87　粿: kué, 糯米粉製品。

88　甘: kam, 捨得。

89　煠: sa̍h, 把食物放入滾水中煮。

90　豬菜: ti-tshài, 地瓜葉。

91　攏嘛: lóng-mā, 都, 強調用法。

92　草總: tsháu-tsáng, 稻草綁成束。

絪[94]，下[95]佇灶前，欲[96]煮飯燃火，才一絪[97]一絪囊[98]入灶空[99]。

話柄閣拈倒轉[100]--來，機器桶是柴佮鐵組合--的，分做三部分，頭前[101]是柴的跤踏仔[102]，一擺兩人做一 kânn[103] 鬥陣[104]踏，踏仔有 lián 齒仔[105]接中央一箍[106]柴做的圓箍柱仔[107]，柱仔頂有釘粗鐵線一噗[108]一噗，跤踏仔引動圓

---

[93] 敨開：tháu-khui，解開。

[94] 草絪：tsháu-in，稻草等捆綁成束，作為升火用的柴禾。

[95] 下：hē，放置。

[96] 欲：beh，要、想，表示意願。

[97] 絪：in，量詞，計算成捆物件的單位。

[98] 囊：long，將細長物伸入。

[99] 灶空：tsàu-khang，爐灶內燃燒柴炭的位置。

[100] 倒轉：tó-tńg，返回。

[101] 頭前：thâu-tsîng，前面。

[102] 跤踏仔：kha-tàh-á，踏板。

[103] kânn：量詞，計算成雙的單位。

[104] 鬥陣：tàu-tīn，一起、結伴、偕同。

[105] lián 齒仔：lián-khí-á，齒輪。

[106] 箍：khoo，量詞，計算大塊東西的單位。

[107] 圓箍柱仔：înn-khoo thiāu-á，圓柱。

[108] 噗：phok，量詞，計算鼓起物的單位。

柴箍柱仔轉踅[109]，共稻尾向咧踅的柴柱仔，噗
--出-來[110]的鐵線會共粟仔拍掉，落佇上尾部分
的桶斗內底[111]。

機器桶邊有兩條索仔，較近的稻堆
拍了，踏桶的一 kânn 愛一人拖一爿[113]，
徙[114]進前[114]，若拄著[115] làm 田[116]，真歹[117]
拖。摠稻草--的愛閣用亞麻袋共機器桶內
的粟仔抔[118]入去袋仔，一袋一袋先 tshāi--
咧，等總割了，逐个才共規袋粟仔攏夯[119]
去田頭仔牛車頂，到遮[120]，割稻仔班的

---

109 轉踅：tńg-sėh, 旋轉。
110 噗 -- 出 - 來：phok--tshut-lâi, 凸出來。
111 內底：lāi-té, 裡面。
112 爿：pîng, 邊、旁。
113 徙：suá, 移動、遷移。
114 進前：tsìn-tsîng, 向前、前進。
115 拄著；tú-tiȯh, 碰到、遇到。
116 làm 田：làm-tshân, 泥窪田、爛泥田。
117 歹：pháinn, 不容易、難。
118 抔：put, 把零散的東西聚成堆或掃進容器裡。
119 夯：giâ, 扛。
120 遮：tsia, 這裡。

工課¹²¹就煞¹²²--矣¹²³。粟仔捙¹²⁴轉來¹²⁵
到厝--裡¹²⁶，共亞麻袋仔敨--開，粟仔
攏抈¹²⁷佇門口埕曝，門口埕無夠闊甲會
當¹²⁸共粟仔披¹²⁹開，就用粟耙¹³⁰共戽¹³¹予¹³²一
稜¹³³一稜，曝一段時間了後，愛反爿¹³⁴，才曝
會齊匀¹³⁵，等攏曝焦，愛閣過風鼓¹³⁶，共有粟

---

¹²¹ 工課: khang-khuè, 工作，「功課」的白話音。

¹²² 煞: suah, 結束、停止。

¹²³ --矣: --ah, 語尾助詞，表示完成或新事實發生。

¹²⁴ 捙: tshia, 以車子搬運東西。

¹²⁵ 轉來: tńg-lâi, 回來。

¹²⁶ 厝--裡: tshù--nih, 家裡。

¹²⁷ 抈: piànn, 傾倒。

¹²⁸ 會當: ē-tàng, 可以。

¹²⁹ 披: phi, 攤開。

¹³⁰ 粟耙: tshik-pê, 木板的中央附五尺長的柄，成丁字形
的農具，用以聚攏或疏散穀物及整平田地。

¹³¹ 戽: hòo, 潑(水)。

¹³² 予: hōo, 使。

¹³³ 稜: lîng, 量詞，計算鼓起細長土堆的單位。

¹³⁴ 反爿: píng-pîng, 翻面。

¹³⁵ 齊匀: tsiâu-ûn, 均勻。

仔[137]鼓掉予精牲仔[138]叨[139]，賰[140]--的就是作穡人
艱苦半年，所向望收成的粟仔，共粟仔載去塗
礱間仔[141]，嘛有人叫做「米絞[142]」，絞[143]--落-
來的粟仔殼是粗糠，米外口閣包的彼沿[144]膜，
絞掉做米糠，這攏是精牲仔的食糧。飼[145]咱[146]
台灣人世世代代的米，規个收成的過程就是按
呢[147]。

　　這篇文講的是「拾稻仔穗」，先共稻仔到
米所有的利用攏講清楚是有目的--的，共咱祖

---

[136] 風鼓：hong-kóo, 簸穀機，用以分離不實稻穀與粗糠、
碎屑等的機具。

[137] 冇粟仔：phànn-tshik-á, 秕子，中空不飽滿的穀物。

[138] 精牲仔：tsing-sinn-á, 牲畜、家畜。

[139] 叨：lo, 鴨子等用喙覓食。

[140] 賰：tshun, 剩下。

[141] 塗礱間仔：thôo-lâng-king-á, 碾坊、碾米廠。

[142] 米絞：bí-ká, 碾坊、碾米廠。

[143] 絞：ká, 碾（米）。

[144] 沿：iân, 量詞，層。

[145] 飼：tshī, 養活、養育。

[146] 咱：lán, 我們，包括聽話者。

[147] 按呢：án-ni, án-ne, 這樣、如此。

先按怎[148]艱苦種作[149]到收成記--落-來，規个稻
作的生活文化是台灣歷史重要的記智[150]，咱這
代--的應該有 phóo-mèh 仔[151]了解。

我會曉[152]佮人去抾稻仔穗是六歲，較細
漢[153]是有看著別个囡仔人[154]去田--裡抾稻仔
穗，毋過傷[155]少歲[156]，爸母毋敢予[157]我出門，
閣再講[158]，割稻仔的大人從來從去[159]，細漢囡
仔跤手[160]較慢，閃無離[161]，會予人挵--著[162]。

---

[148] 按怎：án-tsuánn，如何。

[149] 種作：tsìng-tsoh，耕種、栽種。

[150] 記智：kì-tì，記憶、記性。

[151] phóo-mèh 仔：phóo-mèh-á，大概、概略。

[152] 會曉：ē-hiáu，知道、懂得。

[153] 細漢：sè-hàn，幼年。

[154] 囡仔人：gín-á-lâng，小孩子家。

[155] 傷：siunn，太、過於。

[156] 少歲：tsió-huè，年紀小、年少。

[157] 予：hōo，讓。

[158] 閣再講：koh-tsài-kóng，再說。

[159] 從來從去：tsông lâi tsông khì，無暇他顧地跑來跑去。

[160] 跤手：kha-tshiú，身手、手腳。

[161] 閃無離：siám bô lī，閃避不及。

[162] 挵--著：lòng--tiòh，撞到。

頭擺[163]欲去拚稻仔穗，是阿榮--仔 tshuā[164] 我去--的，伊[165]雖罔[166]才加[167]我一歲 niâ[168]，毋過漢草[169]較粗，加[170]眞 giám 硬[171]，阮 i--仔[172]吩咐我愛綴[173]阿榮行[174]，毋通[175]家己[176]走[177]無--去[178]。拚稻仔免[179]紮[180]啥物[181]家私[182]，有是一條草索

163　頭擺：thâu-pái, 第一次。

164　tshuā：帶領、引導。

165　伊：i, 他、她、牠、它, 第三人稱單數代名詞。

166　雖罔：sui-bóng, 雖然。

167　加：ke, 多。

168　niâ：而已。

169　漢草：hàn-tsháu, 體格、塊頭、身材。

170　加：ke, 更加。

171　giám 硬：giám-ngī, 硬朗、強壯。

172　i-- 仔：i--á, 平埔族稱呼母親。

173　綴：tuè, 跟隨。

174　行：kiânn, 行走。

175　毋通：m̄-thang, 不可以。

176　家己：ka-tī, 自己。

177　走：tsáu, 跑。

178　無 -- 去：bô--khì, 不見。

179　免：bián, 不必、不用、無須。

180　紮：tsah, 攜帶。

181　啥物：siánn-mih, 什麼。

仔，看會當縛[183]規把稻仔揹[184]--轉-來-袂[185]。

　　彼工[186]是咧割客人[187]阿水雄 in[188] 兜[189]佇大溝下的稻仔，照我彼時的囡仔跤愛行二十分鐘久，沿路閣有三、四個囡仔來佮阮行仝[190]陣[191]，阿榮是囡仔頭王[192]，伊吩咐眾人攏愛幫贊[193]頭擺參加抾稻仔的我，客人囡仔阿朋仔隨[194]就分我一搣[195]塗豆[196]，講是去 kám 仔店[197]

---

[182] 家私：ke-si，工具、器具、道具。

[183] 縛：pák，綁。

[184] 揹：phāinn，背。

[185] 袂：bē，問能力、可能性的語詞，與「會」搭配，用於句尾，形成正反問句。

[186] 彼工：hit kang，那一天。

[187] 客人：Kheh-lâng，客家人。

[188] in：他們；第三人稱所有格，他的。

[189] 兜：tau，家。

[190] 仝：kāng，相同。

[191] 陣：tīn，群。

[192] 囡仔頭王：gín-á-thâu-ông，孩子王。

[193] 幫贊：pang-tsān，幫忙、幫助。

[194] 隨：sûi，立刻、立即。

[195] 搣：mi，量詞，抓取在手掌中的份量。

共¹⁹⁸厝--裡買欲請--人¹⁹⁹的時偷搣²⁰⁰起來囥--的。
另外一个客人查某囡仔²⁰¹阿妹仔, 毋知按怎,
客人的查某囡仔攏叫做阿妹仔?伊嘛那²⁰²行那
扭車鼓舞予我看, 閣叫我學伊按呢那行那扭,
我歹勢²⁰³, 阿榮就命令逐个攏扭, 講按呢我就
較袂²⁰⁴歹勢。另外一个 Holo²⁰⁵ 囡仔看逐个攏對
我遮²⁰⁶好, 就講欲唱歌予我聽, 毋過聽無伊咧
唱啥, 阿榮講伊若莫²⁰⁷閣唱就是眾人的福氣。

---

¹⁹⁶ 塗豆: thôo-tāu, 落花生。

¹⁹⁷ kám 仔店: kám-á-tiàm, 雜貨店, 販賣日常零星用品的
店鋪。

¹⁹⁸ 共: kā, 替、幫。

¹⁹⁹ 請 -- 人: tshiánn--lâng, 請客。

²⁰⁰ 搣: mi, 抓取在手掌中。

²⁰¹ 查某囡仔: tsa-bóo gín-á, 女孩子。

²⁰² 那⋯⋯那⋯⋯: ná⋯⋯ ná⋯⋯ , 一邊⋯⋯一邊⋯⋯。

²⁰³ 歹勢: pháinn-sè, 不好意思。

²⁰⁴ 袂: bē, 不會。

²⁰⁵ Holo: 族語為台語的族群。

²⁰⁶ 遮: tsiah, 這麼地。

²⁰⁷ 莫: mài, 勿、別、不要。

我初出洞門[208]就得著眾人的愛護，予我一世
人[209]攏會記--得。

　　抾稻仔有兩種狀況通抾，頭行--的規
bôo 有時仔[210]會一牛[211]欉仔割無著，抑是[212]
塗跤[213]規把，二行--的 mooh 無齊[214]離[215]，加
減[216]有一、兩穗[217]落佇塗跤，也有 mooh 欲
去機器桶的時，交落[218]佇半路--的，按呢一
晡[219]抾--落-來，也有規大把，mooh 轉去厝
--裡，才共粟仔拍--落-來，貯[220]咧布袋，這

---

[208] 初出洞門: tshoo-tshut tōng-mâg, 初出社會。
[209] 一世人: tsi t-sì-lâng, 一輩子。
[210] 有時仔: ū-sî-á, 有時候。
[211] 一牛: tsit-puànn, 一些。
[212] 抑是: iah-sī, 或是。
[213] 塗跤: thôo-kha, 地面、地上。
[214] 齊: tsiâu, 全部。
[215] 離: lī, 透徹。
[216] 加減: ke-kiám, 多多少少。
[217] 穗: suī, 量詞，計算穗子、穗兒的單位。
[218] 交落: ka-láuh, 掉落、落下。
[219] 一晡: tsit poo, 半天。
[220] 貯: té, 裝、盛。

款[221]拢--來的粟仔是我的私奇[222]，等集較濟，
賣予來糴[223]粟仔--的，一个割稻仔冬[224]落--
來，也賣十外箍銀[225]，阿 i[226] 會共我換做銀角
仔[227]，儉[228] 佇竹管仔做的錢筒仔內。

　　阿榮是阮庄上 gâu[229] 拢稻仔--的，風聲[230]
講伊一冬拢的稻仔攏賣幾若[231]百箍[232]，giōng
欲[233]比人作[234]一、兩分地--的較好空[235]--咧[236]。

---

[221] 這款：tsit khuán，這種。

[222] 私奇：sai-khia，私房錢。

[223] 糴：tia̍h，買稻穀。

[224] 冬：tang，量詞，計算農作日的單位。

[225] 十外箍銀：tsa̍p guā khoo gîn，十多塊錢。

[226] 阿 i：a-i，平埔族稱呼母親的用語。

[227] 銀角仔：gîn-kak-á，硬幣、零錢。

[228] 儉：khiām，積蓄。

[229] gâu：善於、能幹。

[230] 風聲：hong-siann，傳言、流傳、謠言。

[231] 幾若：kuí-nā，許多、好幾。

[232] 箍：khoo，元，計算金錢的單位。

[233] giōng 欲：giōng-beh，瀕臨、幾乎要。

[234] 作：tsoh，耕種。

[235] 好空：hó-khang，搞頭、好處。

[236] --咧：--leh，置於句末，用以加強語氣。

頭擺佮伊去，到欲²³⁷轉--來的時，我感覺家己
抾袂少，便若²³⁸有佮別个囡仔同齊²³⁹看--著-
的，人攏讓--我，毋過佮阿榮比--起-來，伊是
用一條草索仔縛絚²⁴⁰絚揹佇尻脊骿²⁴¹後，我是
用手 mooh niâ²⁴²，有影差眞濟。

講--來阿榮是可憐囡仔，in 阿 i 破病²⁴³，
規年週天²⁴⁴攏愛食藥仔，有時仔阮 i--仔無輪著
火𪷙²⁴⁵，換阮阿嬸²⁴⁶煮的時，會去共 in 鬥²⁴⁷煮
飯，阿榮 in 阿爸聽講²⁴⁸是去頂頭²⁴⁹做挖炭空

---

²³⁷ 欲：beh，將要、快要。

²³⁸ 便若：piān-nā，凡是、只要。

²³⁹ 同齊：tâng-tsê，一同、一起、一道。

²⁴⁰ 絚：ân，緊。

²⁴¹ 尻脊骿：kha-tsiah-phiann，背脊、背部。

²⁴² niâ：而已。

²⁴³ 破病：phuà-pīnn，生病。

²⁴⁴ 規年週天：kui-nî-thàng-thinn，一年到頭。

²⁴⁵ 輪著火𪷙：lûn-tiòh hué-khau，輪到煮飯菜。

²⁴⁶ 阿嬸：a-tsím，嬸嬸、叔母。

²⁴⁷ 鬥：tàu，幫忙。

²⁴⁸ 聽講：thiann-kóng，聽說、據說。

²⁴⁹ 頂頭：tíng-thâu，上面、上頭，此指北部。

仔[250]的工，按呢才有法度[251]應付藥仔錢，阿榮
閣有兩个小妹，攏是阿榮咧鬥 tshuā[252]，伊是大
漢後生[253]。暗時[254]仔阮 i--仔嘛會去共 in 幾个囡
仔洗衫仔褲[255]，就是按呢，阿榮才會佮我足[256]
好，逐項攏為[257]--我。

有一暝[258]，我綴阿爸去店仔頭[259]看伊跋
筊[260]，拄[261]捌[262]幾字四色牌仔頂的漢字，親
像[263]帥仕相車馬炮這款--的，就共阿爸手--裡的

---

[250] 炭空仔：thuànn-khang-á，煤坑。
[251] 法度：huat-tōo，辦法、法子。
[252] tshuā：照顧(小孩)。
[253] 大漢後生：tuā-hàn hāu-sinn，長子、長男。
[254] 暗時：àm-sî，晚上。
[255] 衫仔褲：sann-á-khòo，衣褲。
[256] 足：tsiok，非常。
[257] 為：uī，袒護、向著、偏袒。
[258] 暝：mî，夜、晚。
[259] 店仔頭：tiàm-á-thâu，店鋪、商店。
[260] 跋筊：puảh-kiáu，賭博。
[261] 拄：tú，才剛、剛。
[262] 捌：bat，認識。
[263] 親像：tshin-tshiūnn，好像、好比。

牌唅--出-來，阿爸真受氣[264]，共我趕--轉-來，煞[265]揣[266]無阮阿i，想講是走去阿榮 in 兜替 in 洗衫，就欲去揣，到 in 厝後 phòng-phuh 仔[267]跤[268]，煞看著阿英--仔跍[269]咧洗，阿榮佇邊--仔鬥捘予焦[270]。我看無阮 i--仔，就轉--來，到半路仔，

---

[264] 受氣：siūnn-khì，生氣、發怒。

[265] 煞：suah，竟然。

[266] 揣：tshuē，找、尋找。

[267] phòng-phuh 仔：phòng-phuh-á：幫浦。

[268] 跤：kha，底下。

[269] 跍：khû，蹲。

[270] 捘予焦：tsūn hōo ta，擰乾。

搪著[271]阿 i，講是抱阮小弟去予缺--仔收驚。
我共看著阿英共榮--仔 in 洗衫的代誌[272]講--出-
來，阿 i 講阿英是好心才會按呢做，驚[273]人誤
會生閒話，叫我上好[274]莫共別人講這層[275]代
誌。

　　過無偌久[276]，庄--裡傳講阿英嫁無人愛，
去綴著榮--仔 in 老爸，連榮--仔 in 彼个破病的
阿母都伊咧鬥顧。阿英已經欲三十歲--矣，
捌[277]嫁去老窯，死翁[278]了予大官仔[279]趕轉來
後頭厝[280]，無生囝仔，就佇厝--裡鬥作穡，伊

---

[271] 搪著: tn̄g-tio̍h，遇到。

[272] 代誌: tāi-tsì，事情。

[273] 驚: kiann，怕、害怕。

[274] 上好: siōng hó，最好。

[275] 層: tsân，計算事情的單位。

[276] 無偌久: bô juā kú，沒多久。

[277] 捌: bat，曾。

[278] 翁: ang，夫婿、丈夫。

[279] 大官仔: ta-kuann-á，公公。

[280] 後頭厝: āu-thâu-tshù，娘家。

人生做[281]眞大箍[282]把，面[283]--的厚[284] thiāu 仔
子[285]，作穡無輸查埔人[286]，播田[287]、割稻仔、
夯粟包，跤手眞 mé-liàh[288]。

　　閣佮阿榮去拔稻仔的時，我綴佇榮--仔的
後壁[289]拔，想講看會親像榮--仔拔遐[290]濟--袂。
阿英嘛佇割稻仔班的第二行，割稻仔、拖機器
桶攏眞有力，我煞看著阿英目睭[291]咧相[292]邊--
仔，無人咧注意的時，伊共規堆稻仔才 mooh
一半，留半把予綴伊後壁咧拔的阿榮，彼陣[293]

---

[281] 生做：sinn-tsuè, 長得。
[282] 大箍把：tuā-khoo-pé, 大塊頭、大個子。
[283] 面：bīn, 臉。
[284] 厚：kāu, 指抽象或不可數的「多」。
[285] thiāu 仔子：thiāu-á-tsí, 青春痘、面皰。
[286] 查埔人：tsa-poo-lâng, 男人。
[287] 播田：pòo-tshân, 插秧。
[288] mé-liàh：敏捷。
[289] 後壁：āu-piah, 後面。
[290] 遐：hiah, 那麼。
[291] 目睭：bàk-tsiu, 眼睛。
[292] 相：siòng, 注視、盯視。
[293] 彼陣：hit-tsūn, 那時候。

雖罔我猶[294]細漢，猶是知影 in 咧變啥 báng[295]，想著榮--仔對我遐爾仔[296]好，煞毋敢講，毋過我知影伊 gâu 拢稻仔的原因--矣。

　　人講「卵較密嘛會有縫」，過無偌久，店仔頭就有人咧會[297]講阿英漏稻仔穗予榮--仔拢的代誌。阿爸講無證無據袂使[298]烏白[299]賴--人，阿英佇庄--裡自做查某囡仔[300]起就真條直[301]，應該是袂按呢才著[302]--啦。當咧[303]會的大人看著阮規陣囡仔佇邊--仔，就問阮講「捌看過阿英漏規把稻仔予榮--仔拢--毋[304]」，我看

---

[294] 猶：iáu，還。

[295] 變啥 báng：pìnn siánn báng，搞啥名堂。

[296] 遐爾仔：hiah-nī-á，那麼。

[297] 會：huē，談論。

[298] 袂使：bē-sái，不可以。

[299] 烏白：oo-pèh，胡亂、隨便。

[300] 做查某囡仔：tsò tsa-bóo gín-á，少女時期。

[301] 條直：tiâu-tit，坦率、正直、率直。

[302] 著：tióh，對。

[303] 當咧：tng-teh，正在。

[304] 毋：m̄，用於語尾，表示疑問。

逐个囡仔攏恬恬[305]，拄按算[306]欲開喙[307]，看著
阿爸的目睭真歹[308]，緊[309]搖頭恬恬。

到下冬[310]欲割稻仔的時，庄--裡欲組割稻
仔班，人攏無愛予阿英份額參加，我想講阿榮
定著[311]抾無遐濟--矣，哪知欲轉--來的時，伊
全款規大把用草索仔揹跕[312]尻脊骿，我真毋信
聖[313]，就閣綴伊後壁斟酌[314]看，煞看著幾个人
攏會漏規把稻仔予伊抾，連阮阿爸都有按呢做
--過。大人實在真奇怪！

過一冬，榮--仔 in 阿 i 猶是死--去，in 阿爸
就無閣去北部做炭工仔[315]，我想講阿英會做榮

---

305 恬恬：tiām-tiām, 安靜、沉默。
306 按算：àn-sǹg, 打算。
307 開喙：khui-tshuì, 開口、啓齒。
308 歹：pháinn, 兇。
309 緊：kín, 快、迅速。
310 下冬：ē-tang, 第二期稻作。
311 定著：tiānn-tio̍h, 必定、一定、肯定。
312 跕：tiàm, 在。
313 毋信聖：m̄ sìn-siànn, 不信邪。
314 tsim-tsiok, 仔細、注意。
315 炭工仔：thuànn-kang-á, 煤礦工。

--仔的新阿 i，毋過嘛是無，有是去鬥煮飯、洗衫 niâ。我捌共去抾稻仔看--著的代誌問阿 i，伊干焦[316]笑笑講：

「抾稻仔毋好好仔抾，攏咧注意人的閒仔事，莫怪[317]會抾輸--人！」

---

[316] 干焦：kan-tann，只有、僅僅。

[317] 莫怪：bȯk-kuài，難怪、怪不得、無怪乎。

來去掠[1]走馬仔[2]

朋友來揣[3]--我，欲晝[4]--矣[5]，招[6]伊[7]去附近食飯，問伊愛食啥物[8]，伊應[9]講「莫[10]傷[11]油--的就好」。現代社會逐个[12]較有食品健康觀

---

[1] 掠：liàh, 捕捉、抓住。

[2] 走馬仔：tsáu-bé-á, 招潮蟹的一種。

[3] 揣：tshuē, 找。

[4] 欲晝：beh-tàu, 將近中午。

[5] --矣：--ah, 語尾助詞，表示完成或新事實發生。

[6] 招：tsio, 邀。

[7] 伊：i, 他、她、牠、它，第三人稱單數代名詞。

[8] 啥物：siánn-mih, 什麼。

[9] 應：ìn, 回答、應答。

[10] 莫：mài, 勿、別、不要。

[11] 傷：siunn, 太、過於。

[12] 逐个：ta̍k ê, 每個、各個。

念，阮[13]某[14]煮食的時，飯會摻寡[15]雜糧，講按呢[16]較有合[17]營養學，炒菜、煮湯嘛[18]無啥[19]愛摻鹽佮[20]味素這類的配味料，理由嘛是健康觀念，對我這款[21]無啥健康智識的庄跤人[22]來講，食眞袂[23]慣勢[24]。

佇[25]米國[26]的時，一个[27]專門研究食物健康的朋友欲[28]請我食飯，佇學校米國仔開的餐廳

13　阮: guán, 我的, 第一人稱所有格。

14　某: bóo, 妻子、太太、老婆。

15　寡: kuá, 一些、若干。

16　按呢: án-ni, 這樣、如此。

17　合: háh, 合適、配。

18　嘛: mā, 也。

19　無啥: bô-siánn, 不太。

20　佮: kap, 和、與。

21　這款: tsit khuán, 這種。

22　庄跤人: tsng-kha lâng, 鄉下人。庄跤: tsng-kha, 鄉下。

23　袂: bē, 表示不能夠。

24　慣勢: kuàn-sì, 習慣。

25　佇: tī, 在。

26　米國: Bí-kok, 美國。

27　个: ê, 個。

28　欲: beh, 要、想, 表示意願。

攏[29]是茱蔬生食，袂輸[30]是生番--咧[31]，我食甲驚[32]，就先共[33]彼个[34]朋友參詳講「茱愛[35]煮熟--的我才欲食」，朋友有答應。拄好[36]文學伴林衡哲醫生同時嘛欲請--我，我就招伊做夥[37]去予[38]彼个朋友請，閣[39]共伊展[40]講「茱是有料理--過-的」，伊嘛真歡喜。彼个朋友攢[41]真濟[42]好料--的，嘛有照約束共[43]茱蔬攏煮熟，精

---

[29] 攏：lóng，都。

[30] 袂輸：bē-su，好比、好像。

[31] --咧：--leh，置於句末，用以加強語氣。

[32] 食甲驚：tsiàh kah kiann，吃到怕。甲：kah，到，到……的程度。驚：kiann，怕、害怕。

[33] 共：kā，跟、向。

[34] 彼个：hit ê，那個。

[35] 愛：ài，要、必須。

[36] 拄好：tú-hó，剛好、湊巧。

[37] 做夥：tsò-hué，一起。

[38] 予：hōo，給、讓。

[39] 閣：koh，還、又。

[40] 展：tián，炫耀、誇耀。

[41] 攢：tshuân，準備。

[42] 濟：tsē，多。

[43] 共：kā，把、將。

差[44]都[45]干焦[46]煮 niâ[47]，攏無摻甲半項配料。
朋友問講「好食--無[48]」，我毋[49]敢應，就恬
恬[50]，林醫生目頭結結[51]，面憂憂[52]一直應講
「真好食，真好食」。

　　我做囡仔[53]的時代，庄跤人三頓食飯是
「有菜無鹹」，這句話的意思毋是講菜煮無
夠鹹，阮[54]講的菜，就是菜蔬、青菜。魚佮肉
這款好料的罕物才叫做鹹，檢采[55]是魚肉有較
貴，驚人配傷濟傷本，就攏會煮較鹹--咧，才

44　精差：tsing-tsha, 差別；只是；差只差。
45　都：to, 語氣副詞，表示強調。
46　干焦：kan-tann, 只有、僅僅。
47　niâ：而已。
48　--無：--bô, 置於句尾，表示疑問語氣。
49　毋：m̄, 否定詞。
50　恬恬：tiām-tiām, 安靜、沉默。
51　目頭結結：bàk-thâu kat-kat, 愁眉深鎖。
52　面憂憂：bīn iu-iu, 愁眉苦臉、愁容滿面。
53　做囡仔：tsò-gín-á, 孩提、幼時。
54　阮：guán, 我們，不包括聽話者。
55　檢采：kiám-tshái, 也許、可能、說不定。

會按呢講，我嘛毋是真知。哪會[56]有菜無鹹--
咧？菜種佇塗[57]--裡就會發，庄跤四界[58]是，
無稀罕，魚佮肉攏著[59]錢伯--仔[60]去買，免[61]講
嘛有較乏[62]，若毋是做醮[63]拜神、請人客，啥
人[64]有彼[65]閒錢遐[66]冗剩[67]？無鹹是欲按怎[68]配會
落飯？阮就用菜頭曝乾[69]豉[70]做菜脯[71]抑是[72]豉

---

56 哪會：nah-ē, 怎麼會。
57 塗：thôo, 泥土；地。
58 四界：sì-kuè, 四處、到處。
59 著：tiòh, 得、要、必須。
60 錢伯--仔：tsînn-peh--á, 孔方兄。
61 免：bián, 不必、不用、無須。
62 乏：hát, 不足、欠缺、匱乏。
63 做醮：tsò-tsiò, 打醮。
64 啥人：siánn-lâng, 誰、什麼人。
65 彼：he, 那個。
66 遐：hiah, 那麼。
67 冗剩：liōng-siōng, 充裕。
68 按怎：án-tsuánn, 怎麼樣。
69 曝乾：phàk-kuann, 曬成乾。
70 豉：sīnn, 醃漬。
71 菜脯：tshài-póo, 蘿蔔乾。
72 抑是：iah-sī, 或是。

菜頭long[73]，豉醃瓜仔[74]、菜心，攏是豉甲鹹甲若[75]膎[76]--咧，按呢做鹹來做物配[77]。

　　鹹路[78]--的解決--矣，閣欠油臊[79]，人講「久無油臊人會慒[80]」，彼陣[81]猶[82]無發明啥物咧『葵花子油』、『沙拉油』，動物性的油就「豬油」，共豬油肉煏[83]煏--咧，khē[84]一睏--仔[85]就閣堅凍[86]，規[87]碗白白，挖一屑

73　菜頭 long：tshài-thâu-long，醬蘿蔔。

74　醃瓜仔：iam-kue-á，蔭瓜。

75　若：ná, 好像、如同。

76　膎：kê, 醃製的碎肉醬或水產醬。

77　物配：mih-phuè, 佐菜、佐飯的菜肴。

78　鹹路：kiâm-lōo, 肉或魚鹽醃漬成鹹肉、鹹魚。

79　油臊：iû-tsho, 油腥、含油脂的葷腥食物。

80　慒：tso, 胃或胸部的不適感。

81　彼陣：hit-tsūn, 那時候。

82　猶：iáu, 還。

83　煏：piak, 以熱火爆或烤。

84　khē：放置。

85　一睏 -- 仔：tsit-khùn-á, 一會兒、一下子。

86　堅凍：kian-tàng, 凝固、凝結。

87　規：kui, 整個。

仔⁸⁸攪踮⁸⁹燒燒的飯--裡，做夥共搜⁹⁰搜拌拌
--咧，芳 kòng-kòng⁹¹，食甲毋知通⁹²飽。植物
性的油是火油⁹³佮菜子仔油，火油就是塗豆⁹⁴
油，是彼陣民間上⁹⁵時行⁹⁶--的。菜子油是油
菜子仔提煉--出-來-的，氣味臭殕⁹⁷臭殕，食
久會驚。厝--裡⁹⁸是阿公咧⁹⁹扞手頭¹⁰⁰，彼陣阮
三叔、四叔攏猶未¹⁰¹娶某¹⁰²，干焦阮阿 i¹⁰³佮

---

88 一屑仔：tsit-sut-á，一點兒、一點點。
89 踮：tiàm，在。
90 搜：tshiau，攪拌。
91 芳 kòng-kòng：phang-kòng-kòng，香噴噴、香馥馥。
92 通：thang，應該。
93 火油：hué-iû，花生油。
94 塗豆：thôo-tāu，落花生。
95 上：siōng，最。
96 時行：sî-kiânn，流行、盛行。
97 臭殕：tshàu-phú，酸腐、霉味。
98 厝 -- 裡：tshù--nih，家裡。
99 咧：leh，表示狀態持續著。
100 扞手頭：huānn tshiú-thâu，主持、掌管經濟狀況。
101 猶未：iáu-buē，還沒。
102 某：bóo，妻子、太太、老婆。
103 阿 i：a-i，平埔族稱呼母親的用語。

二嬸--仔兩个同姒[104]咧輪火鬮[105]，一鬮煮半個月，照咱人[106]的頂下[107]個月輪。阿公一鬮才搭[108]一罐火油，規家口仔[109]是二十幾个喙空[110]咧食，若無較儉[111]仔用是定著[112]無夠，三頓炒的菜攏是用布搵[113]油對[114]鼎[115]底小[116]拭--一下 niâ，無油無臊，到寒--人[117]，逐个攏喙唇[118]必[119]必心肝頭[120]慒慒。

---

104 同姒：tâng-sāi, 妯娌。

105 輪火鬮：lûn hué-khau, 輪流煮飯菜。

106 咱人：lán-lâng, 農曆、陰曆。

107 頂下：tíng-ē, 上下。

108 搭：tah, 帶空瓶罐去零買油、酒等。

109 規家口仔：kui-ke-kháu-á, 全家、一家人。

110 喙空：tshuì-khang, 嘴；口腔。

111 儉：khiām, 節省、節儉。

112 定著：tiānn-tiȯh, 必定、一定、肯定。

113 搵：ùn, 蘸。

114 對：ùi, 從、由。

115 鼎：tiánn：鍋。

116 小：sió, 略微。

117 寒 -- 人：kuânn--lâng, 冬天。

118 喙唇：tshuì-tûn, 嘴唇。

119 必：pit, 裂。

　　阮 i--仔[121]大新婦[122]是輪頂𤆬，下半個月
免煮三頓，秋--裡了後[123]，田--裡清離[124]--
矣，聽人講海口海墘[125]有一種細隻[126]毛蟹仔
叫做走馬仔，炸眞有油，就招我做夥去。趁
早時[127]猶未出日[128]，阮包兩粒飯丸[129]紮[130]--
咧就出門，一人捾[131]一跤[132]桶仔，海邊風
眞透[133]，叫我加疊一領[134]裘仔[135]。二林雖

---

[120] 心肝頭：sim-kuann-thâu, 胸口、心頭。
[121] i--仔：i--á, 平埔族稱呼母親。
[122] 新婦：sin-pū, 媳婦。
[123] 了後：liáu-āu, 之後。
[124] 離：lī, 透徹。
[125] 海墘：hái-kînn, 海岸、海濱。
[126] 細隻：sè-tsiah, 小。
[127] 早時：tsái-sî, 早上、早晨。
[128] 出日：tshut-ji̍t, 日出。
[129] 飯丸：pn̄g-uân, 飯糰。
[130] 紮：tsah, 攜帶。
[131] 捾：kuānn, 提、拎。
[132] 跤：kha, 只。計算鞋子、戒指、皮箱等物的單位。
[133] 風眞透：hong tsin thàu, 風眞大。
[134] 加疊一領：ke thA̍h tsi̍t niá, 多穿一件。
[135] 裘仔：hiû-á, 外套。

雖罔[136]有倚[137]海，毋過[138]對阮庄去到海口猶有
一段路--咧，愛先行[139]五、六公里路到二林街
仔[140]，閣行差不多六公里才會到Ông-king[141]海
口。彼時我才咱人七歲囡仔[142]，猶未讀冊[143]，
欲行遐遠嘛真食監[144]，到尾--仔[145]煞[146]愛阿i共
我偝[147]。

　　到二林街仔，阿i講我若肯家己[148]行，欲
買丸仔予[149]我食，彼是佇市仔[150]口咧賣--的，

136　雖罔: sui-bóng, 雖然。

137　倚: uá, 靠近。

138　毋過: m̄-koh, 不過、但是。

139　行: kiânn, 行走。

140　街仔: ke-á, 小鎮。

141　Ông-king：王功。

142　囡仔: gín-á, 小孩子。

143　讀冊: thák-tsheh, 讀書。

144　食監: tsiáh-kann, 食力。

145　尾 -- 仔: bué--á, 後來。

146　煞: suah, 竟然。

147　偝: āinn, 背。

148　家己: ka-tī, 自己。

149　予: hōo, 給、給予。

150　市仔: tshī-á, 市場。

一粒丸仔五角銀[151]，用一枝箸[152]攕牢[153]--咧，
眞好食，這時想--起-來，應該是「貢丸」。我
箸攑--咧[154]那[155]行那食，食無甲一半，煞落落
塗跤[156]，我抾[157]--起-來就欲閣食，阿 i 共我接
過去拌[158]拌--咧，才閣予我食。出二林街仔，
拄著[159]雙叉路[160]，阿 i 嘛毋知愛行佗[161]一條才
是欲去 Ông-king 海口--的，拄[162]咧躊躇，看
著[163]有人來，就好喙[164]共伊問路：

---

[151] 五角銀：gōo kak-gîn，五毛錢。角銀：kak-gîn，十分之一元。

[152] 箸：tī，筷子。

[153] 攕牢：tshiám-tiâu，叉住。

[154] 箸攑 -- 咧：tī giàh--leh，拿著筷子。-- 咧：--leh，... 著，表示持續狀態。

[155] 那……那……：ná…… ná……，一邊……一邊……。

[156] 落落塗跤：lak-lóh thôo-kha，掉到地上。

[157] 抾：khioh，拾取、撿取。

[158] 拌：puānn，揮、輕拍。

[159] 拄著；tú-tiòh，碰到、遇到。

[160] 雙叉路：siang-tshe-lōo，岔路。

[161] 佗：toh，哪（一）。

[162] 拄：tú，才剛、剛。

[163] 看著：khuànn-tiòh，看到。著：tiòh，到，動詞補語，表示

　　「咱[165]借問--一-下，欲去海口 Ông-king 毋知愛行佗一頭才著[166]？」

　　動作之結果。
[164] 好喙: hó-tshuì，婉言。
[165] 咱: lán，「你」的敬稱語。
[166] 著: tiòh，對。

　　對方是一个佮阮 i--仔差不多歲仔的查
某[167]，tshuā[168] 一个看--起-來比我有較濟歲的查
某囡仔，伊聽--著，隨[169]應講：

　　「你敢[170]嘛是欲去掠走馬仔？若按呢，
綴[171]我行，我去過幾若[172]擺[173]--矣！你是佗位
仔[174]人！」

　　阮 i--仔真歡喜，伊在來[175]毋捌[176]出門，
干焦知影[177]對阮兜[178]欲轉去[179]後頭厝[180]佮欲來

---

[167] 查某：tsa-bóo, 女性。

[168] tshuā：帶、帶領。

[169] 隨：sûi, 立刻、立即。

[170] 敢：kám, 疑問副詞，提問問句。

[171] 綴：tuè, 跟隨。

[172] 幾若：kuí-nā, 許多、好幾。

[173] 擺：pái, 次，計算次數的單位。

[174] 佗位仔：toh-ūi-á, 哪裡。

[175] 在來：tsāi-lâi, 一向、向來。

[176] 毋捌：m̄ bat, 不曾。

[177] 知影：tsai-iánn, 知道。

[178] 兜：tau, 家。

[179] 轉去：tńg-khì, 回去。

[180] 後頭厝：āu-thâu-tshù, 娘家。

二林街仔的路 niâ，無想著去海口一逝[181]路比
伊想--的較遠，就佮彼个初熟似[182]的阿姨那
行那開講[183]。我比阿 i 閣較[184]歡喜，厝--裡我
是大孫，頂頭無甲半个阿兄、阿姊，看囡仔
伴[185]有阿姊咧 tshuā 咧惜，定定[186]咧欣羨[187]，
彼个查某囡仔加[188]我二、三歲，咧讀國校[189]--
矣，真捌代誌[190]，袋仔內有柴糖仔佮tshit 迌物
仔[191]，沿路分我食閣教我耍[192]伊佇學校學的囡
仔耍[193]，伊會曉[194]唸真濟囡仔唸[195]，嘛教我一

---

181 一逝：tsit tsuā，一趟。
182 熟似：sik-sāi，熟識、認識。
183 開講：khai-káng，聊天、閒聊。
184 閣較：koh-khah，更加。
185 囡仔伴：gín-á-phuānn，童年玩伴。
186 定定：tiānn-tiānn，常常。
187 欣羨：him-siān，羨慕。
188 加：ke，多。
189 國校：kok-hāu，國民學校，簡稱國校。
190 真捌代誌：tsin bat tāi-tsì，很懂事。
191 tshit 迌物仔：tshit-thô-mih-á，玩具。
192 耍：sńg，玩耍、遊玩。
193 囡仔耍：gín-á-sńg，孩童嬉戲。

條唱袂煞[196]的唸歌，到今我猶會記--得：

「Ué、ué、ué，台灣出甜粿[197]；甜粿眞好食，台灣出柴屐[198]；柴屐眞好穿，台灣出鵁鴒[199]；鵁鴒颺颺飛[200]，台灣出風吹[201]；風吹飛上天，台灣出童乩[202]；童乩毋驚火，台灣出甜粿；甜粿眞好食，台灣出柴屐……。」

行差不多半點鐘[203]久，我閣跤[204]酸--矣，愛阿i共我偝，彼个細漢[205]阿姊笑我無成[206]一个

---

[194] 會曉：ē-hiáu，知道、懂得。

[195] 囡仔唸：gín-á-liām，孩童唸謠。

[196] 煞：suah，結束。

[197] 甜粿：tinn-kué，年糕。

[198] 柴屐：tshâ-kiàh，木屐。

[199] 鵁鴒：ka-līng，八哥。

[200] 颺颺飛：iānn-iānn-pue，飛揚、飛舞。

[201] 風吹：hong-tshue，風箏。

[202] 童乩：tâng-ki，乩童。

[203] 點鐘：tiám-tsing，小時、鐘頭。

[204] 跤：kha，腳。

[205] 細漢：sè-hàn，年幼的、年紀小的。

[206] 成：sîng，像、貌似。

查埔囝仔[207]，彼个阿姨講欲共我偝，我予[208]人
激[209]--著，講欲家己行，細漢阿姊呵咾[210]我有
氣魄，就共我牽咧行，佇秋--裡透[211]海風的路--
裡[212]，伊的手蹄仔[213]心真燒 lo̍h[214]。

　　阿姨 in[215] 兜毋是作穡人[216]，嫁去彰化街
仔，in 翁[217]去行船[218]，厝--裡本底[219]賰[220]大家
仔[221]，舊年[222]過身[223]了，就搬轉來[224]後頭厝 Uat

---

[207] 查埔囝仔：tsa-poo gín-á，男孩子。

[208] 予：hōo，被；讓。

[209] 激：kik，激起情緒變化。

[210] 呵咾：o-ló，讚美。

[211] 透：thàu，刮風。

[212] 路 -- 裡：lōo--nih，路上。

[213] 手蹄仔：tshiú-tê-á，手掌。

[214] 燒 lo̍h：sio-lo̍h，暖和。

[215] in：他們；第三人稱所有格，他的。

[216] 作穡人：tsoh-sit-lâng，農人。

[217] 翁：ang，夫婿、丈夫。

[218] 行船：kiânn-tsûn，航海。

[219] 本底：pún-té，本來、原本。

[220] 賰：tshun，剩下。

[221] 大家仔：ta-ke-á，婆婆。

[222] 舊年：kū-nî，去年。

仔蹄[225]，想講無啥議量[226]，就來海口掠走馬仔
順紲[227]看海，伊揹一跤銅管仔[228]欲貯[229]走馬仔
閣揹[230]一跤加薦仔[231]，內底[232]有貯香佮金紙，
講是欲拜海神王，祈求保庇 in 翁行船順事，毋
通[233]去拄著大風泳[234]。

　　彼工[235]是我頭擺[236]來到海邊，佇海埔仔
[237]耍水佮海沙，毋 tann[238] 走馬仔 niâ，閣有 sua-

---

[223] 過身：kuè-sin, 過世。

[224] 轉來：tńg-lâi, 回來。

[225] 蹄：tuà, 住。

[226] 議量：gī-niū, 可以打發時間的消遣。

[227] 順紲：sūn-suà, 順便、順帶、趁便。

[228] 銅管仔：tâng-kóng-á, 鐵罐子、空鐵罐。

[229] 貯：té, 裝、盛。

[230] 揹：phāinn, 背。

[231] 加薦仔：ka-tsì-á, 藺草編織的手提袋。

[232] 內底：lāi-té, 裡面。

[233] 毋通：m̄-thang, 不可以。

[234] 風泳：hong-íng, 風浪。

[235] 彼工：hit kang, 那一天。

[236] 頭擺：thâu-pái, 第一次。

[237] 海埔仔：hái-poo-á, 海灘。

[238] 毋 tann：m̄-tann, 不只。

suī[239]、蟳仔[240]佮細尾魚仔，阿姊--仔對這攏無
趣味，伊干焦咧抾砂螺仔殼[241]，我若看著較
媠[242]--的嘛抾予--伊。到晝[243]，阿i共紮的飯丸
提[244]--出-來，阿姨in是紮飯包[245]，有卵包[246]嘛
有肉，阿姊--仔講伊愛食飯丸，就佮我換，我
一个囡仔囝[247]共規个[248]飯包食甲空空，阿姨共
伊的嘛賰一半予--我，一个囡仔腹肚[249]食甲圓
kùn-kùn[250]。

海邊眞鬧熱，去遐[251]掠走馬仔佮抾雜魚

---

[239] sua-suī：一種蟹類的小生物。

[240] 蟳仔：tshih-á, 梭子蟹。

[241] 砂螺仔殼：sua-lê-á-khak, 貝殼。

[242] 媠：suí, 美、漂亮。

[243] 晝：tàu, 中午。

[244] 提：thèh, 拿。

[245] 飯包；pn̄g-pau, 便當、飯盒。

[246] 卵包：nn̄g-pau, 荷包蛋。

[247] 囡仔囝：gín-á-kiánn, 幼童。

[248] 規个：kui ê, 整個。

[249] 腹肚：pak-tóo, 肚子、肚皮。

[250] 圓 kùn-kùn：înn-kùn-kùn, 圓滾滾、胖嘟嘟。

[251] 遐：hia, 那裡。

仔兼耍水--的眞濟，阿 i 佮彼个阿姨鬥陣[252]那
掠走馬仔那講話，叫我愛綴細漢阿姊--仔行，
袂使[253]傷倚海--去。我有聽著阿姨咧唱毋知啥
物歌予阿 i 聽，彼陣我傷少歲[254]，無共記--起-
來，這時都也袂記--得[255]-矣。

　　到下晡[256]兩點外，阿 i 講欲轉--去-矣，阮

---

252 鬥陣：tàu-tīn，一起、結伴、偕同。

253 袂使：bē-sái，不可以。

254 少歲：tsió-huè，年紀小、年少。

255 袂記 -- 得：buē kì--tit，忘記。

256 下晡：e-poo，下午。

一逝路愛行兩點外鐘[257]久，到厝嘛暗--矣，阿姨約阮 i--仔閣來，毋過後擺[258]阿 i 無著[259]伊火圞是後個月，到彼陣，田--裡愛播[260]--矣，袂當[261]出門，極加[262]是明年春--裡稻仔大欉[263]，閣輪著無火圞的下半月才有通[264]來，欲離開的時，in 兩个踮往阮庄佮 in 庄的雙叉路口毋知講啥會[265]足[266]久--咧。

　　彼擺阮兩个去海口掠走馬仔收成真好，阮 i--仔的桶仔規半[267]桶，我捾較袂行，桶仔才貯差不多兩分滇[268] niâ。會使[269]講規个寒--人，阮

---

[257] 兩點外鐘：nn̄g tiám-guā-tsing, 兩個多小時。
[258] 後擺：āu-pái, 下次、以後。
[259] 著：tioh, 輪到。
[260] 播：pòo, 插秧、種稻。
[261] 袂當：bē-tàng, 不能、不可以。
[262] 極加：kik-ke, 最多、頂多。
[263] 大欉：tuā-tsâng, 高大、大顆。
[264] 有通：ū-thang, 有可能、有得。
[265] 會：huē, 談論。
[266] 足：tsiok, 非常。
[267] 規半：kui-puànn, 幾乎整個。
[268] 滇：tīnn, 滿、盈滿。

兜攏無欠油臊。

　　到欲[270]過年前，田--裡工課[271]離--矣，我定定吵講：

　　「I--iò，咱來去掠走馬仔！」

　　阿i講傷寒，走馬仔攏覕[272]--咧，掠袂著，伊知影我是咧想彼个細漢阿姊，阿i講伊嘛思念彼个 gâu[273] 唱歌的阿姨，毋過毋是去海口就會當搪著[274] in--的。到翻轉年[275]的春--裡，我閣吵欲去海口掠走馬仔，阿i煞講今年袂當去，毋過免煩惱，我無偌久[276]凡勢[277]就會有一个小妹通陪我 tshit 迌[278]。到四--月，有影[279]生一个

269　會使：ē-sái，可以、能夠。

270　欲：beh，將要、快要。

271　工課：khang-khuè，工作，「功課」的白話音。

272　覕：bih，躲藏、隱藏、藏匿。

273　gâu：善於。

274　搪著：tn̄g-tio̍h，遇到。

275　翻轉年：huan-tńg-nî，隔年、翌年。

276　無偌久：bô juā kú，沒多久。

277　凡勢：huān-sè，說不定、也許。

278　tshit 迌：tshit-thô，玩、遊玩。

279　有影：ū-iánn，的確、真的。

小妹, 阿 i 做月內[280], 我嘛有食著麻油雞酒。
彼年, 阮攏無去海口掠走馬仔。到九--月, 我
嘛入學--矣, 就袂記得這層[281]代誌[282]--矣。

秋--裡有一工, 我放學轉--來, 彼陣阮一
年仔是讀早起時一晡[283] niâ, 先去灶跤[284] 揣阿
i 看飯煮好--未, 煞看著有人跍[285] 佇灶空[286]前
那咧囊[287]草絪[288]燃火那佮阿 i 咧講話, 看斟
酌[289], 是彼个阿姨。伊是來阮庄--裡探聽才揣
--來-的, 舊年 in 翁煞佇南非一个港口予人搶劫
拍[290]--死, 船公司--的來通知--的, in 翁一个大
姊嫁去佇台北, 替 in 處理賠償佮後事, 了後,

---

[280] 做月內: tsò-gue̍h-lāi, 做月子。
[281] 層: tsân, 計算事情的單位。
[282] 代誌: tāi-tsì, 事情。
[283] 一晡: tsit poo, 半天。
[284] 灶跤: tsàu-kha, 廚房。
[285] 跍: khû, 蹲。
[286] 灶空: tsàu-khang, 爐灶內燃燒柴炭的位置。
[287] 囊: long, 將細長物伸入。
[288] 草絪: tsháu-in, 稻草等捆綁成束, 作爲升火用的柴禾。
[289] 斟酌: tsim-tsiok, 仔細、注意。
[290] 拍: phah, 打、揍。

招 in 搬去台北蹛，講按呢較有伴，囡仔欲受教育嘛較利便[291]；伊有閣去過海口幾若擺，毋過攏無拄著阮阿 i，過幾工就欲去頂頭[292]--矣，專工[293]探聽阮這庄，來欲相辭[294]--的。伊講細漢阿姊嘛有咧念[295]--我，有交代伊一項 tshit 迌物仔欲予--我，伊愛去學校讀冊當來。彼是一身發條若挼絚[296]會唱歌閣跳舞的查某囡仔，我感覺佮彼个阿姊真相 siâng[297]，毋過這身是金頭鬃[298]的阿啄仔[299]查某，哪會相 siâng？凡勢是時間隔傷久，我袂記--得-矣。

閣來，我毋捌閣想起欲去掠走馬仔的代

---

[291] 利便：lī-piān, 方便、便利。

[292] 頂頭：tíng-thâu, 上面、上頭, 此指北部。

[293] 專工：tsuan-kang, 特地、專程。

[294] 相辭：sio-sî, 作別、告別、辭行。

[295] 念：liām, 因思念而經常提起。

[296] 挼絚：tsūn-ân, 轉緊。挼：tsūn, 扭轉。

[297] 相 siâng：sio-siâng, 相像、一樣。

[298] 頭鬃：thâu-tsang, 頭髮。

[299] 阿啄仔：a-tok-á, 西洋人。

誌，彼个細漢阿姊生做[300]啥物形[301]--的嘛記無
啥有，顛倒[302]攏會想著彼个阿姨跍佇灶空前那
燃火那佮阿i講話的形影。

---

[300] 生做: sinn-tsuè, 長得。
[301] 形: hîng, 樣子、模樣、形狀。
[302] 顛倒: tian-tò, 反而。

Asia Jilimpo

陳明仁

《Pha 荒 ê 故事》
第四輯：田庄 gín-á 紀事

(教羅漢字版)

沿路chhiau-chhōe gín-á 時

電視看著 1 齣舊電影，叫做『青青河畔草』，是 leh 講 gín-á ê 戀愛故事，koh 有美麗 ê 田園景緻，我 hiông-hiông 去想著故鄉 ê 光景 kap gín-á 時代 hit 段 m̄ 知 beh án-chóan 講起 ê 感情，臨時臨 iau 就去 thiah 1 張落南 ê 火車單，tńg 去故鄉 chhiau-chhōe 我 ê gín-á 時。

盤員林客運到 góan 庄外 ê 街 á 都 beh e-po͘ 4 點--a，tī 車牌 á 邊買 1 個 khok-á-te kap 2 tè chhin̂ 粿，ná 行 ná 食，感覺無 gín-á 時 hiah 好食，khok-á-te soah 無參蚵 á，kan-tan̂ 韭菜 niâ。過水 chhiāng，ùi 大崙 koh 行 chiân̂ 百步，就有 1 個 phòng-phuh 寮 á，出水口 ê 鐵管眞大空，抽--出來 ê 水大 káng 白 siak-siak。

熱--人，ùi 學校 beh tńg 去厝--nih 食晝，走 gah kui 身軀汗，到 chia 就眞歡喜，先 hò͘ 水洗面洗 ām-kún，chiah koh lim 幾嘴 á 止嘴 ta，清

涼 ê 水透心脾。這時，我 chìⁿ 料食 gah 眞 sò，
寮 á iáu tī--leh，m̄-koh 無 leh 抽水，也就免 lim-
-a。寮 á 邊 ê 田無 leh 播，改做種葡萄 ê 園，
當然就免 phòaⁿ 水。這兩年，公賣局改組做公
司，葡萄用進口--ê，廢止種作 ê 契約，葡萄
mā 廢--a，kui 遍園 khē leh 荒。這款 kek 酒 ê 葡
萄，自做 gín-á 時代，góan tau 厝後就種 2 叢，
青葡萄到 beh 熟就反黃，日頭光 chhiō--著會
thang 光，食--起來眞甜。我問 a-pa 講這款葡
萄是 siáⁿ-mih 種，i 講是「Gɔ-lú-lián」，我記音
m̄ 知意思，一直到會 hiáu kóa 英語 kap 日語了
後，chiah 知是「Golden」ê 日語發音，應該是
「Goruden」，公賣局大量契作，改名做「金
香」葡萄。

　　順 phòng-phuh 寮 á 到 góan 庄--nih，kui 路
lóng 全是廢荒 ê 園 á，好著 hiah-ê 蝶 á、鳥 á，自
由飛 tī 枝葉 ê 空縫。路面 khōng 打馬膠 (táⁿ-má-
ka)，chhōe 無早時牛車溝 ê 痕跡，車甘蔗 ê 赤牛
á 掛 ê lin-long-á iáu tī 我記智內 leh 響。Góan 上興
tòe 牛車後行，駛牛車--ê 知 góan gín-á ê 心情，

lóng 會 tīⁿ 無看--見，甘蔗 hō góan 偷抽去食，有
1 kái， 客人 gín-á A 朋 (pĥng)á 大心肝，kā 人 làu
kui 把，載甘蔗--ê 落來 kā 罵，了後抽 1 支 hō-
-i，chhun--ê khǹg tńg--去。若有回頭空車，góan
會 peh 起--lih 坐，kui tīn gín-á 放 hō 牛拖。

水 chhiāng 邊 hit 座橋，beh 起 ê 路眞崎，
車若載 siuⁿ 重就眞出力 chiah khàng 會起，有 ê
牛 tīⁿ 力 soah siàm 屎，崎頂牛屎特別 chē，台灣
有眞 chē 所在，lóng 叫做「牛屎崎」。Góan 若
看著載重 ê 牛車 beh peh 崎，lóng 會自動去 tàu
sak，kā 牛 tàu chàn 1 下力。

Beh 入庄就會看著 lóng 是刺竹 á，這庄 ê 4
khơ liàn-tńg lóng 是刺竹 á，kā 庄頭包 āⁿ 夾 tī 中
央，台灣有這款 ê 庄就叫做「竹圍 á」，這庄
mā 是。刺竹 á 有眞 chē 利用，早時就取 khah 粗
ê 竹 á 來起厝，就是「竹管 (kóng)á 厝」。刺竹
筍煮湯免 lām 味素就眞甜。Sàn-chiah ê 年代，
欠肉料油臊，khah êng ê 暗暝 á 時，góan a 叔會
用篾 á tàu 磨尖 ê 粗鉛線節，製造 1 支 lak 鑽，
用電塗 ê Ba-té-lih chhiō 路，專工去竹林 lak niáu

鼠。Niáu 鼠目 hō͘ Ba-te-lih chhiō--著，soah gāng--
去，lak 鑽就 lak--落，真準，這手工夫應該是
平埔留--落來 ê。厝--nih ê cha-bó͘--ê 早就燒水
chhôan leh 等，kā niáu 鼠剝皮、thâi 洗好勢，落
鼎免半點鐘就熟，肉真 chhiⁿ 甜。聽講食 niáu
鼠 á 肉 bē-sái koh 食李 á，若無，會大 ām-kui，
無人試--過，m̄-koh góan 無 giâu 疑--過。

　　Nǹg 過刺竹林路 á 到 chia 分雙叉，1 條沿溝
kîⁿ sèh 庄外，tùi 塚 á 埔過，溝 á 底蜊 á 真 kāu，
kōaⁿ 1 kha 銅管 á chhìn-chhái 摸 1 khùn 就 tīⁿ-tīⁿ，
氣運 khah 好，koh 會 khioh 著 hô-liu iah 是 jîm
著塗 sat。另外 1 條是入庄內 ê 路，沿路有鳳凰
樹，tng 開 ê 時，比火 khah 炎 ê 紅，會 hō͘ 人心
肝燒 lòh。烏嘴 pit-á kah 烏鶖 kám 是 kāng thiāu-á
內 ê 叔伯兄弟，tiāⁿ-tiāⁿ 會 tàu-tīn sńg，合唱「烏
鶖 kàh-kàh-kiùh」。我 khah 愛燕 á，尾 liu bē 輸
是用 ka 刀剪--ê，開叉 ê 線條真直，西方人愛
穿「燕尾服」，我感覺燕 á 是穿 chhah 真紳士 ê
鳥 á。便若 beh 暗仔時，會 tī 厝前岑簷 kha háu
叫，kap 日婆 ng-kòk-ke 飛相 jiok。

這時，kui 庄刺竹 á 無幾 bô，爲 beh 取筍 á
專工種 ê 麻竹顛倒有 khah chē。燕 á ká-ná chiok
久就罕得來陪 tòe--a，chhun 1 kóa 無路無厝 ê
chhek 鳥 á 守 tī 電火線頂，看這齣農村變遷 ê 戲
文。溝 á 1 多罕得有幾日有水，若有 mā ná 氣絲
á，bē 輸是土地流--出來 ê 目屎。

Góan tau mā 翻做磚 á 厝--a，後面 ê 溝 á iáu
koh tī--leh，水眞臭。厝起 ǹg 田 hit 向，這時
mā leh 種雜草，菅蓁 á 長 gah 菅 bang 花白白。
舊 hō-lêng 翻掉，連 hit 叢苦 lēng-á mā 早就剉--
去，苦 lēng kha 我 gín-á 時 tâi ê 記智，hō͘ 紅毛塗
khōng tiâu-tiâu，無 tè chhōe 起。

厝後圳溝 á ê 另外 hit pêng 是 1 戶有牆圍 á ê
紳士人 ê 厝宅，無 leh kap 庄內人來去。自古起
這庄就 lóng 是作 sit 人，罕得有人受教育，聽
a-pa 講 góan cha-po͘ 祖 bat 做漢文先--ê，tī 庄--nih
開暗學 á 教人 bat 漢字，有時也會講古，a-pa
講我寫小說 ê 天份是種著 a 祖--ê，m̄-koh góan
a 公就無愛學字，soah 斷--去。Hit 戶人是 góan
庄 ê 紳士家庭，頂 1 代--ê 就 bat 字，做過鎭民

代表，有 2 個後生 tī 米國讀冊，讀煞 soah 留 tī hia，無 koh tńg--來。In hit 個上細 ê cha-bó͘ kiáⁿ 讀國校 kap 我 kāng 年--ê，穿 chhah ê 氣質 kap góan 一般 ê 庄 kha gín-á 無 kâng，ná 公主--leh，學校內老師特別 khah 惜--i，同學 mā 欣羨--i。升到三年 ê 時，學校 koh 重編班，我 soah kap i kāng 1 班，老師排座位 ê 時，我是讀頭名--ê，當然坐第一排，i tī 別班成績聽講 chiah 普普--á niâ，老師 thiàⁿ--i，叫 i kap 我坐做夥。

我自細漢就無 kāng 年歲 ê cha-bó͘ gín-á 伴，bē-hiáu kap 異性 chih 接，m̄ 敢 kap i 講話，連 beh 看--i 都 m̄ 敢，kan-taⁿ 趁 i 無注意，用目尾去 kā 偷掃。

我永遠會記得 i 開嘴 kā 我講 ê 頭 1 句話：

「請你 mài 搖椅 á。」

我想 beh 會失禮，話含 tī 嘴--nih，講 bē 清楚，我 m̄ 是 thiau-kang beh 搖椅 á，góan ê 椅 á 連做夥，我是歡喜 gah phih-phih-chhoah，椅 á tòe leh tín 動。

三年--ê 加眞捷考試，週考、月考、期考，

我 kāng 款保持第一名，老師發賞，用 1 本練習簿，頂頭 tǹg「獎」，我簿 á lóng 免買。Hit chūn 簿 á kap 有包皮 ê 鉛筆 lóng 是 5 角，有 1 pái，i 講鉛筆 siuⁿ chē，beh 用筆 kap 我換簿 á，tú 好我 1 支筆 lóng 寫 gah chéng 頭 á giōng-beh gīm bē tiâu，有時 beh 削鉛筆，siuⁿ 短 soah 削著 chéng 頭尾，就 kap i 換。

過 2 工，禮拜日，beh 暗 á 時，我去飼牛 tńg--來，趁天 iáu 未齊暗，tī 門口埕尾寫字。Hit 年，góan iáu 無牽電火，暗時 lóng 是點番 á 油火讀冊。A-pa ùi 外口入--來，giảh 1 支掃梳 gím-á 叫我跪--落，就 kā 我 sut。自升二年--ê 起，在來 m̄-bat 無考著第一名，a-pa 罵我這 kái nah 會退步。我 soah sa 無，明明我 kāng 款頭名，a-pa nah 會冤枉--我？Hō a-pa sut 3 下了後，i chiah 講 tī 土地公廟 á 前 ê 大 chhêng 樹 kha kap 1 tīn 庄內人開講，隔壁厝宅 ê 主人 tī hia 展寶，kā 人講我會 lóng 保持第一名是 in cha-bó kiáⁿ 無 kap 我 kāng 班，這 pái 無 kâng--a，in cha-bó kiáⁿ 考第一名，老師賞 i 1 本簿 á，頂頭 tǹg 1 字

「獎」，i m̄ 甘 hō cha-bó͘ kiáⁿ thėh 去寫字用，專工用蠟紙封起來做記念。A-pa 講 1 班 bē 有 2 個第一名，別人有簿á做證明，我的確是 lak 名。我 kā 新鉛筆 giȧh hō͘ a-pa 看，kā tāi-chì 講--出來，a-pa chiah 知我受枉屈，pháiⁿ-sè pháiⁿ-sè，hō͘ 我 1角銀，表示 tāi-chì hut têng-tâⁿ--去。

我無為 án-ni 就氣 hit 個 súi 同學，1 角銀會 tàng 買 5 張衛生紙，koh 來 ê 衛生檢查，我就免 koh sì-kòe kā 人借來 hō͘ 先生驗。下禮拜考試了，我當然 mā koh thėh 著頭名賞 ê 簿 á，i koh beh kap 我用鉛筆換，我想著 hō͘ 人 sut 3 下掃梳 gím -á，m̄ 肯 kap i 換。我也驚 i 變面無愛 koh kap 我講話，m̄ 敢 kā i 騙 in 老 pē ê tāi-chì 出破，kan-taⁿ 講「我算 bē 和」。尾--á，i 講我若 kap i 換，上課 ê 時，我會 sái 偷牽 i ê 手，án-ni，我免講 mā 投降。Kôaⁿ--人 ê 時，我無厚衫 thang 穿，手冷 ki-ki，m̄ 知是 cha-bó͘ gín-á ê 手生本就 khah 燒 iah 是 i 穿太空衣，kā i ê 手牽--leh，有夠好！我希望學校 ê 小使 (siáu-sú)á bōe 記得搖下課鐘 á。

Hit 工 Lán-lâng 是 3 月 14，拜六讀 1 po͘ niâ，

beh 放學 ê 時, i tu 1 張紙條 á hō--我, 講 beh 請
我 e-hng 去 in tau。我 tńg 去厝, m̄ 敢 kā a-pa
講, chhōe góan i--á, 講同學 beh 請我去 in tau 食
暗。He 是我頭 pái hō 人邀請去做人客, a-i 專
工改 1 領 a-pa khah 無破 ê 長褲, 用裁縫車 á bú 1
pơ tah-tah, 我無皮帶, koh thīⁿ 1 條布帶 á hō 我
hâ。我穿 iáu 是 siuⁿ 闊, m̄-koh, i--á 眞滿意。我
tùi 後壁溝 chhu 1 tè 枋 á 過去 hit 個厝宅。牆圍á
內 koh 有種花種草, 我未赴看 súi, 樹頂 ê pat-á
眞大粒, 黃--a 無人挽, 也有 lián-bū kap 柚 á。
好 giȧh 人 ê 厝 iáu 是無 kâng, hit chūn kui 庄 kan-
taⁿ 這口灶是瓦厝, chhun--ê lóng 竹籠 á 厝 khàm
草做厝頂, 若風颱來就用石頭 á teh--leh, chiah
bē 厝 kòa hō 風掀--去。厝內電火光 phà-phà,
奇怪, góan kui 庄都 iáu 無 chhāi 電火 thiāu, in
nah 有電火?同學出來接--我, 先 chhōa 我去厝
邊涼亭 á kha 坐, 教我 1 kóa 話, 叫我 bē-sái làu-
khùi。

　　到 hit 時我 chiah 知影 hit 工是 i ê 生日, in
老 pē kap i--á, i 是叫「pa-pa」kap「ma-ma」,

交帶 i 請 khah chē 同學去 in tau 食生日桌，i 驚
同學講出 i 無考過第一名 ê tāi-chì，m̄ 敢請 in
來，無請 1 個 á 來 mā 講 bē 得過，chiah 拜託
我 kā i tàu am-khàm。In pē 母眞歡迎--我，kui 桌
lóng 是我罕得食--過 ê chhin-chhau。A 伯一直 leh
chhàu-tōan 講我 hō͘ in cha-bó͘ kián jiok--過，請我
m̄-thang 掛意，盡量食，算安慰--我。同學就
sai-nai 叫 pa-pa mài koh 講 che，a 伯續--落 koh
o-ló cha-bó͘ kián chiah-nī 細漢就知顧謙，kā 別人
留面子。I koh 講頂學期，若有 thèh 賞 ê 簿 á
tńg--去，i 就賞 10 kho͘，也賞百外 kho͘--a。Ma-
ma 講 i 眞乖，lóng 儉--起來，beh 拜託 tī 日本 ê
a 姨替 i 買「御人形(o͘-nin-gió)」tńg--來。 Góan
同學有百外 kho͘！我聽 1 下 giōng-beh 暈--去。

　　食飽，a 姆 koh 包雞腿 kap 1 tè 三層肉，beh
hō͘ 我 chah--tńg 去。同學 giàh 1 支免電塗會光
koh 無成 ba-té-lih--ê，細細支 á 眞 súi 講是「手
電 á」--ê，沿 in tau 牆圍 á 邊 ê 田岸 á 路陪我
行。星眞光，ná 天頂有眞 chē 支手電 á，m̄-koh
離 siun 遠，chhiō bē 到塗 kha。暗頭 á 水 ke 大細

隻 háu，老 á 聲 khah 沉，ná 奏 kē 音，thûn-á 是
中音，sin-á 聲幼幼就是 kôan 音，tī 暗 bin-bong
ê 田--nih 奏樂牽曲。田岸 á 路細條，i 驚跋倒，
伸手 hō 我牽，koh 愈行愈 óa。我想 beh kap i 行
khah óa koh m̄ 敢，盡量閃行田岸邊，soah 跋落
田底，i tòe 我摔--落。我 ê 衫褲 lóng tâm，ka-
chài i 跋 tī 我身軀頂，無 bak 著水。新改好 ê 長
褲 tâm 無要緊，i phak tī 我身軀 ê 氣味，kui 個
月 lóng 無退。

讀四年 ê 時，in kui 家就 lóng 徙去米國，tú
開學 hit 工，老師宣佈這個消息，我心肝頭刺
鑿，嚨喉管 tīⁿ-tīⁿ，無 tiuⁿ 無 tî 目屎 liàn--落來。
Phah 開鉛筆盒 á，幾節 chhun 1 tè-á-kiáⁿ ê 鉛筆用
簿 á 紙包--起來，我無 beh koh 用。Tńg 去厝就
用鉛片 khok-á té--leh，kap 1 張寫 i ê 名 kap 生日 ê
紙條 á khǹg 做夥，封 hō 密，kā tâi tiàm hō-lêng-á
邊 hit 叢苦 lēng-á kha，hō 這個秘密 tī hia puh-íⁿ、
生 thòaⁿ。

是--lah，舊曆 3 月 14 hit 工，我 1 世人無可
能 bōe 記--得，m̄ 是『青青河畔草』hit 齣親像

gín-á 辦家伙 á ê 戀情，hit 工 mā 是我 ê 生日，góan tú 好是 kāng 年 kāng 月 kāng 日生--ê，這 chân tāi-chì 是 hit 工我 tńg--去了後，i--á sáh 半ut 麵線 leh 等--我，講自來是「大人生日食肉，gín-á 生日食 phah」，我穿長褲 ná 紳士 koh hō͘ 人請去坐桌，算大人--a，頭 kái kā 我講我 ê 舊曆生日。無肉，麵線 mā 會 sái。我 kā 肉 thèh hō͘ a-i，講 beh 包 hō͘ 小弟、小妹食--ê。A-i 緊去燒 hiuⁿ 感謝佛祖，講 i khah 早 bat hē 願，等我做生日一定 beh 有肉，tú teh 煩惱，chiâⁿ 實就有--a。

我 koh 去庄頭 sèh 1 po͘，sèh tùi 溝後過，土地公廟 á kap hit 落有牆圍 á ê 厝宅 lóng 無--去 a，原本 ê 所在起 1 間大廟，hiuⁿ 火眞旺。廟前 hit 叢大 chhêng 樹原在，kan-taⁿ 老 gah 嘴鬚愈來愈長。

飼牛 gín-á 普水 ke-á 度

　　朋友來 góan tau 坐 ê 時，tú 食飽晝 iáu 未赴
收碗箸，看桌頂 ê 菜 kap 鹹，笑笑問講：「也
無請人客，nah 會食 chiah 好？」

　　我無 tiuⁿ 無 tî 應講：「Nah 有，ah 都普水
ke-á 度--leh！」朋友聽無，我 chiah 智覺著這句
是 kan-taⁿ tī góan hit 個庄頭 chiah 時行--ê。

　　我讀國民學校 chìn 前，iáu 算是 gín-á，有
特權免做 khang-khòe，大人去田--nih 拚 gah 烏
mà-mà kui 身軀汗 ê 時，我 āiⁿ 小妹兼 chhōa 小弟
kap 隔壁 ê 客人 gín-á leh ng-kók-ke bih 相 chhōe，
用 Holo 腔 ê 客話 kap in 踢 Óng 跳 khơ-á。

　　Góan 庄--nih 1 半 Holo 1 半客，客 kap Holo
lóng 會 hiáu 聽對方 ê 話，khah 淺 ê 客話 Holo 人
mā 會講--tām-pói-á，自來無族群問題。入國校
頭 1 個禮拜日，a-pa 講我 leh 讀冊--a，是大人
--a，ài kā 厝--nih tàu 作 sit，喊我牽牛出去飼。

你看西部 ê 影戲，看 in 騎馬 kám bat 欣羨 --過？Chìn 前我 piān 看著 khah 大 ê gín-á 騎牛去飼，lóng chiok 想 beh kap in kāng 款，a-pa 叫我去飼牛，我是真歡喜。我 kā 牛牽--出來，就beh peh 起 lih 騎，kiám-chhái siuⁿ 細漢，soah peh bē 起，a-pa 講 ài 叫牛先 un--落來，我 chiah 有法 tō 起 lih i ê kha-chiah-phiaⁿ。牛就是 m̄ 肯 un kē，我想 beh tùi i ê 後 kha 關節 khàng--起 lih，i 用尾 liu kā 我 sut，koh òat 頭 kā 我 gîn。A-pa 先 kā 我抱 --起 lih，chiah 教我講，等牽牛去溝 á 底 kō 浴 ê 時，i 就會 un--落，ah 若無，就 ài 飼慣勢，kap 我熟 sāi 了後，chiah 指揮 i 會行。

庄 kha gín-á m̄ 是 kui 年 thàng 天 lóng leh 飼牛，有時 á 是去割蔗尾 tńg 來 hō͘ 食。過春了後草 á 青青，kā 牛牽出去行春踏青，也算是對 i 駛手 pē、掛 pē、lōa-tâng、làk-ták、拖犁、拖牛車 ê 報答。溝 á 水清幽，hō͘ i 入去浸--1 下，有時 á 歡喜，i 也會藏水 bī hō͘ 我看。我 kā 學校 pun ê 課本 chah--leh，騎 tī 牛 kha-chiah-phiaⁿ，隨在 i sì-kòe 散步、食草，我讀我 ê 冊，免驚會出

問題，kan-taⁿ 顧 mài hō͘ i 去食著別人播 ê 稻á 就
好。

去到田頭á路，就 tīng 著眞 chē 庄--nih kap
我 kāng 年歲 iah 是比我 khah 大 ê cha-po͘ gín-á mā
騎牛出--來，頭 kái 看我飼牛，tàk-ê lóng 歡喜
hoah-hiu：

「A 舍 mā 出來飼牛--a，lán koh 加 1 個
伴！」

飼牛 gín-á 齣頭 kài chē，相招去 kā 人偷挖
番藷炕窯，騎牛相戰，有時á 也會挽野茉樹
葉假煮食辦家伙á。田--nih tiāⁿ-tiāⁿ 會有野兔、
竹雞á，tàk-ê 相爭圍，上好食--ê 是田鼠，肉
眞 chhiⁿ。Hioh-khùn 日飼牛是我意愛 ê khang-
khòe，有 1 kái tī 學校，下課，我 kā 2 個 tú 熟 sāi
ê 同學講，in 感覺眞心適，約禮拜日 beh kap 我
去飼牛。

Hit 工 chái 起，免人 hoan 咐，我就自動kā
牛牽--出來，灶 kha 偷 khat 1 mi 鹽 chah--leh，
hōan-sè 若 pû siáⁿ 物件就用會著。騎 tī 牛頂，沿
路 lóng 是青 lèng-lèng，蓮蕉紅花青葉嬌滴滴，

hō 風弄 gah 勾頭酥腰。Chhek 鳥 á 順牛車溝路
跳 sán -chhéng，看牛行 óa--來，也 bē 驚，等牛
kha beh 到--a chiah 飛--起來，tòe góan 後壁 chiuh-
chiuh 叫。我 kui-khì the tī 牛 ê kha-chiah-phiaⁿ，
據在 i 拖，看 khóng ê 天頂有幾蕊雲洞--過，嘴
--nih ná haiⁿ 牛犁 á 歌。

　我 ê 客人朋友 kap 人客 lóng 到位--a，in 原
本就有熟 sāi，kui-tīn khû tī 樹 á kha leh 起火烘
草 mé-á，我 tú 到就鼻著 phang 味。Hit 2 個同
學 lóng 是街--nih ê 人，無作 sit，也就無牛 thang
牽，借 beh 騎我 ê 牛。A-phńg（朋 ê 客音）á kap
A-jún（潤 ê 客音）á 自動 kā 牛 hō͘ in 2 個騎。
我 ê 同學添原--á 穿 1 軀 Lóng ê 衫 á 褲，新 koh
súi，眞驚 kō 烏--去。我笑 i 街 nih sông，beh 來
田園 m̄ tiȯh 穿 khah bái ê 衫。另外 hit 個同學清
祥解說，講添原 in tau 是信 Ia-so͘--ê，禮拜日 koh
ài 去教會主日學，無穿 súi 衫 bē-sái 出門，添原
--á 是偷走--來 ê。

　我 m̄ 知信 Ia-so͘ 落教是 siáⁿ-mih，tī góan 庄
kha，lóng 是拜神--ê。添原--á 開始學牧師講道 ê

口氣，i 講：

「上帝講 lín lóng 是我 ê kiáⁿ。」

Ta̍k-ê 感覺 hō͘ i phiⁿ--去，假意 beh kā phah，tī hia 走相 jiok。我 hiông-hiông 聽著沉沉「kok、kok、kok」ê 聲，是老水 ke-kó͘，叫 ta̍k-ê tiām-tiām，有影 1 隻老 á bih tī 圳溝邊 ê 草 á 內。Góan 6 個 gín-á 先分 6 個方位 khiā 在，kā 水 ke ê 出路封掉，愈包愈 e̍h，由我出手去 hop hit 隻水 ke，i 跳走，真 tú 好，跳 tùi 添原 hit pêng 去。添原驚衫 bú 烏--去，m̄ 敢 phak 落去 hop，soah 去 hō͘ soan--去。真 m̄ 甘願，我一直 jiok，到尾 iáu 是 hō͘ 我 lia̍h--著，有影大隻。

A 潤 á 去 at 1 枝竹 á，取有刺 ê 1 節來，kā 水 ke ê 肚 keng 大，用刺 á tùi 腹 tó͘ ui--落，先 ui 1 裂 chiah 剖開，腹內 jîm-jîm--leh，chiah 用圳 á 水洗清氣。

Tú-chiah 烘草 mé-á ê 火 iáu 未齊 hoa，koh kā ia̍t 風 hō͘ tó͘h--起來，按算 beh lia̍h 落去烘。A 榮講 hit 隻 thâi 好 ê 水 ke phih tī 塗 kha，ká-ná 人拜拜肉山 ê 大豬公。我看水 ke 4 支 kha 展開，有

影有成廟--nih 普度，肉壇頂 ê 豬公，就招講來 síng 拜神。添原 kap 清祥 lóng m̄-bat 拜--過，先 chàn 聲。Góan 就 koh 去 hop khah chē 隻水 ke 來 thâi。

　　水 ke 上大隻--ê，góan 講是「老 á」，koh 來就是「thûn-á」，tú ùi 水 ke-á kiáⁿ 大--起來 ê 是「sin-á」。無到半點鐘，góan 就 liàh 著 10 外 隻，m̄-koh lóng 是「sin-á」kap「thûn-á」，kan-taⁿ 原先 hit 隻老 á niâ。有 1 種草 á 眞韌命，幼支 koh 長，ná 像 hiuⁿ（香）--leh，góan 講是「塗 kha hiuⁿ-á」。Góan kā 幾隻水 ke 剖腹 thâi 好，排 tiàm 幾叢塗 kha hiuⁿ-á 頭前，榮--á 假扮做道 士，嘴--nih o͘-pèh 念，ná leh 念經，添原--á m̄ 認 輸，mā 唸 in ê 聖經，tàk-ê 就開始普度兼 koan 水 ke-á 神。了後，chiah kā 水 ke 烘來食，我 chah ê 鹽 hō͘ 水 ke-á 肉氣味愈 chán。清祥 in tau tī 街--nih 開漢藥房，講 beh 知 mā chah kóa 當歸、肉桂、枸杞，tiāⁿ-tiòh koh-khah 好食。

　　添原--á m̄ 敢 síng siuⁿ 久，in 老 pē 做禮拜 煞 chìn 前，i ài tńg 去到教會，若無，tāi-chì 就

大條，日頭 iáu 未 peh 到頭殼頂，i kap 清祥就
先走--a。我 mā kā 火踏 hō hoa，ták-ê 去圳溝牽
牛，ná khơ-si-á ná 騎--tńg 去。

翻 tńg 年 ê 春--nih，有 1 工，我 kap 榮--á、
A 潤 á、A 朋 á 去飼牛，有 1 戶老窯人無播田換
種 thơmatơh，結 gah tng 大粒，góan 去偷挽，揀
kha-chhng 尖紅--ê 就食，ták-ê lóng 食 4、5 粒了
後，chiah 看著田頭有插篾 á 縛紅布碎 á，taⁿ，
這聲去--a，農藥 chiah chōaⁿ 無 jōa 久，góan 開
始煩惱。我體質 khah lám，先吐 koh 漏，續--
落，A 朋 á mā kāng 款，góan ná 艱苦 ná 煩惱。
榮--á 有影勇，ká-ná lóng 無 chùn-būn--著，i 招
góan 先編 1 個話，bē-sái hō 大人知影 góan 是偷
食人種 ê 果子 chiah án-ni--ê。4 個 gín-á kiáⁿ 頭殼
算 bē bái，想著頂 1 年拜水 ke ê tāi-chì，就講通
和，tńg--去 m̄-thang 漏氣。

Góan i--á 看我面--ê 白 sún-sún 騎牛 tńg--來，
koh 攬腹 tớ，緊 kā 我抱--落來，問我 kám 是破
病？我講腹 tớ 疼，m̄ 知 án-chóaⁿ 會 hiah 疼？
I 先 tī 藥袋 á tháu 1 包食腹 tớ 疼 ê 藥 á hō 我吞，

koh 叫我去眠床倒。Hit 時作 sit 人 iáu 無農保，
庄 kha 無有牌 ê 醫生，lóng 是食便藥 á 準 tú
好，若 khah 嚴重--ê chiah 會送去都市 ê 大間病
院。藥 á 是人 thèh 來寄--ê，久久會來巡 1 kái，
看欠 siáⁿ-mih 藥 á chiah 補，藥 á 錢等收冬 chiah
來 put chhek-á tú-siàu。榮--á 嘴 khah 利，講 gah
hō in tau ê 人相信 góan 是舊年這工去飼牛，tī 田
頭 á 普水 ke-á 度拜神，今年 góan 就是無去普，
神明罰 góan 腹 tó 疼，討 beh 愛 góan kā 拜。In
老 pē 本底就知影榮--á gâu ōe-hó-lān，無 siáⁿ beh
信，去問 A 朋 á，A 潤 á kap 我，lóng 講舊年有
影有普水 ke-á 度。大人討論了，決定 thâi 1 隻
豬公普度，án-ni chiah bē 去得罪神明。Hit 暗厝
--nih 食 gah 眞 chhiⁿ-chhau，m̄-koh，我腹 tó 疼
iáu 未好，kan-taⁿ 會 sái 食糜配 am 瓜 á。Góan
i--á 安慰我免煩惱，i 有留 1 tè 肉，等我腹 tó 若
好，就會 sái 食。我倒 tī 眠床想 kong，上無，
án-ni 免 hō 人 phah。

　　Hit 年 góan thâi 水 ke 普是 toh 1 工我 bōe 記--
得，翻 tńg 年 góan 腹 tó 疼 hit 工是 Lán-lâng 4 月

13, góan 庄--nih koh 來若 4 月 13 lóng 會普度, 別庄--ê 來 hō góan 請, 問講是 leh 拜 siáⁿ-mih 神。Góan 庄 ê 人就講是「Góan 庄 chiah 有--ê, 普水 ke-á 度!」

這 chân tāi-chì 到第 3 kài 普度 chiah 出破, 添原 in 阿姊嫁 góan 庄ê 人, 聽著這款 tāi-chì, 講 in 小弟也無腹 tó 疼--過, koh 知影 góan 頭 kái 普水 ke-á hit 工是添原--á 無去參加主日學 ê 禮拜日, ùi 萬年曆算--出來, 講 hit 年 ê 4 月 13 m̄ 是禮拜日, 證明 góan 腹 tó 疼 hit 日 kap 前 1 年 thâi 水 ke hit 日根本 m̄ 是 kāng 1 工。Góan 幾個 gín-á chiah 講出這 chân 4 個猴死 gín-á 騙 kui 庄 ê 笑 khoe tāi。

Koh 來 ê 4 月 13, góan 庄--nih 就無 koh 普--a, m̄-koh, piān 若有 1 頓 chhôan kóa phong-phài 來食, 就講是「Ah 都 leh 普水 ke-á 度--lah!」

十姊妹記事

　　新聞講 tī 米國德州有 1 個婦人人 1 胎生 8 個，這個世間實在有影是無奇不有，無 1 項 tāi-chì 是 lán 敢確定--ê，我 leh 想講 kám 有可能 hit 8 個 lóng cha-bó--ê？若 1 khùn 8 個生做眞相 siâng ê 小姐 khiā tī 面頭前，m̄ 知 siáⁿ-mih 感受？

　　這篇 beh 講--ê kap 生 cha-pơ、cha-bó 無關係，是 hiông-hiông 想著有 1 種鳥 á 叫做十姊妹，我做 gín-á 時代 bat 飼--過，相信有經過 hit 個年代--ê 加減 mā lóng 知--tām-pó̤h-á。

　　眞 chē 少年朋友 lóng 會投講：「Góan a-pa góan 母--á tiāⁿ-tiāⁿ 愛講 in hit 個時代生活 jōa 困難 tú jōa 困難，góan 這代 ê gín-á lóng 好命 m̄ 知 i。」Che 也莫怪，無經過 kāng 款生活經驗--ê 是眞 oh 理解別種社會狀況 ê 價值觀。Hit 當時我 mā chiah 6 歲 gín-á niâ，m̄ 知影 siáⁿ-mih 是困苦，橫直厝邊隔壁 ta̍k-ê kāng 款是 án-ni leh 生

活，無 tè 做比 phēng。我 kan-taⁿ 知影 a 叔 tī 五間尾頭前 ê nî-chîⁿ kha 釘鳥櫥 á，講 beh 飼十姊妹。

飼十姊妹 kap 生活艱苦有 siáⁿ 關係？Che 是真複雜 ê 問題，無法 tō 3、2 句話就講 gah 斟酌，我 iáu 是 phîn 頭 á kā 故事講--落-去。

Góan 3 叔 iáu 未去街--nih ê 戲園學辯士 chìn 前，hit chūn i 做兵 tńg--來也有幾 nā 年--a，傳統 ê 作 sit 嫌艱苦 koh 無利純，厝--nih 都有 2 個 a 兄 leh 作--a，i 想 beh 走 chhōe ka-tī ê 出路，先去下頭水底寮 kap 人公家飼豬了錢，mā 有去北部學賣塗炭，生理 kiáⁿ oh 生，m̄ 是 ta̍k-ê lóng 有才 tiāu 趁這款錢--ê，聽講 i 做--過 ê thâu-lō bē 少，m̄-koh 無 1 途精光--ê，無 ta-lí-ôa，tńg 來庄 kha 食塗，鬱 tī 田頭 á 幾 nā 工，一直到 hit 個朋友來 góan tau。

Hit 工，Ip-á 伯 chhōa 1 個穿 se-bi-lơh ê 生分人來 góan tau，kā 我講：

「Lín tau ê 人客 lak tī 路--nih hō 我 khioh--著，A-sià，叫 lín 3 叔--a the̍h 印 á 來領！」

Ip-á 伯講話就是 giåt-giåt，我做 gín-á 就聽慣勢，知影是 beh chhōe góan 3 叔--á ê 人客 tī 路--nih kā Ip-á 伯問路，chiah chhōa i 來--ê。我 chhōa hit 個人客去大溝下田頭 á 樹 á kha chhōe tī hia leh tuh-ku ê 3 叔。

Hit 個生分人是 3 叔 khah 早 tī 台北熟 sāi--ê，本底 mā 眞落魄，講是有朋友 leh tàu 牽成 chiah 有今 á 日會 tàng 穿 gah chiah-nī chhiⁿ-chhioh，想著 góan 3 叔--á 這個好朋友，好空--ê 專工來 tàu 相報。3 叔--á 眞感動，問 i 有 siáⁿ 好空頭，kám chiâⁿ 實有幫贊？人客講是 m̄-tāⁿ 幫贊 góan a 叔 niâ，連庄--nih ê 厝邊隔壁 mā 致蔭會著。

消息就 án-ni thòaⁿ--出-來，講是日本人 tng-leh siáu sńg 鳥 á，m̄-koh in 無 êng ùi 鳥 á kiáⁿ 顧 gah 大，m̄-chiah 會 beh ùi 台灣進口 chiah-ê 鳥 á，tú 好 hit 個人客 in 朋友 ê 公司是做這款生理--ê，i 負責 sì-kòe tàu chhōe 人飼鳥 á。庄 kha 人聽著鳥 á 會 tàng 賣錢，tåk-ê 有影歡喜，tī 這遍平洋，有超過 1 半 ê 田 leh 播稻 á，厝角鳥就是愛

食 chhek-á m̄-chiah 叫做 chhek 鳥 á，tak 區田mā
有兄弟 á leh 顧，m̄-koh 愈來愈無效。兄弟 á 是
講稻草人，góan 作 sit 人若講出稻草人，鳥 á 就
m̄ 驚--a，lóng 講是兄弟 á。講--來 mā 眞笑詼，
chhek 鳥 á m̄-tāⁿ m̄ 驚 chiah-ê 兄弟 á，顚倒 kui tīn
飛來飛去 leh 欣賞、議論比 phēng 看 toh 1 sian 稻
草人 khiā ê 姿勢 khah 好看。作田人氣 gah 指鳥
á 一直 chhoh，he 鳥 á mā m̄ 認輸，chiuh-chiuh 叫
罵--tńg-去。作 sit 人想講別項就 m̄ 知，若鳥 á
是滿 sì-kòe，精差有 khah pháiⁿ liah niâ。

　　人客笑笑 á 解說，m̄ 是 beh 愛 chhek 鳥 á，
in 日本人 kah-ì--ê 是文鳥、錦鳥、十姊妹這類 ê
鳥 á。庄 kha 人 soah lóng gāng--去，tī 田庄，若
beh 講鳥 á 類是眞 chē，chhek 鳥 á mài 講，koh
有烏鶖、烏嘴 pit-á、白頭 khiat-á、bāng-tang-á、
燕 á、青雉 (tī)á、紅頭 á……siáⁿ-mih 怪花雜色--ê
都有，就是 m̄ 知有 siáⁿ-mih 文鳥、錦鳥、十姊
妹。人客 theh 出幾張相片，解說講 toh 1 隻是文
鳥，1 隻公司出價 60 khơ，toh 1 隻是錦鳥，1 隻
是 90 khơ，另外 he 十姊妹 1 隻是 20 khơ，lóng

是飼 gah 變鳥 thûn-á 就會 sái 賣，公司有另外 chhiàⁿ 人專門 leh 孵鳥 á kiáⁿ，會 sái 去 kā 公司買 tńg 來飼。

庄 kha 作 sit 人聽著 1 隻鳥 á 值幾 10 khơ，ta̍k-ê 舌 á 吐吐，hit chūn ê 工價，1 個播田工 mā chiah 30 khơ niâ，1 隻看--起-來都無 siáⁿ ê m̄-chiâⁿ 鳥 á nah 會 hiah 好價？Kui 庄 lóng hán--起-來，hit 個人客 koh 去別庄宣傳 ê 時 chūn，庄內人 leh 會講這款 thâu-lō 會做--得，橫直播田、插甘蔗 1 甲當收--起-來，準講免本全趁--ê mā 無幾圓，飼鳥 á koh 是輕 khó khang-khòe，kám 是天公伯 --á leh tàu 保庇 chiah 有這款好空 ê tāi-chì？Kán-taⁿ 庄 á 內上無人緣，眾人嫌 ê 破格成--á 1 支屎 poe 嘴講：

「世間有 hiah 好 ê tāi-chì？Mài gōng--a，好空--ê nah 有 thang tiỏh gah lán！Hit khơ 人 lín m̄ thang 看 i se-bi-loh 穿 gah chhio-chhio，hōan-sè 是騙先 (pián-sian)á！」

Góan 3 叔--á 眞氣，罵 i 講：「你這個 hau-siâu 成--á，hit 個人是我 ê 朋友，是我 khah bat--i

iah 是你 khah 熟 sāi？你 ka-tī sàn gah 鬼 beh liàh--
去，koh 也會講人 ê êng-á 話！横直好 giàh sàn 是
lín tau ê tāi-chì，mài tī chia o-pèh 亂念 siâu phah-
khok 就好。破格成--á 破格嘴！」

　　過幾工，人客 koh 來庄--nih，chhōa góan 3
叔 kap 幾個厝邊去到雲林海口，hia 有人 khah
早飼十姊妹，講有趁著錢。Kui tīn 人騎鐵馬
去，lóng 載 kui 籠鳥 á tńg--來，講是 hit 戶海口
人有影飼過 1 水 50 隻十姊妹，lóng 總賣 1000
kho，就 kā 錢換鳥 á kiáⁿ，1 隻 5 kho，lóng 總200
隻，飼--3-個-月-a 就 koh 會 sái 賣，hit 時就有
4000 kho--a，khah 贏 leh 作 1 甲地。Koh 講等本
錢 khah 粗--leh chiah 換買 1 隻 20 幾kho ê 文鳥 iah
是錦鳥 tńg 來飼，án-ni 趁 khah 有。

　　庄內人錢 chah 無 hiah chē，mā iáu 驚驚，就
1 個 khai 50 kho，買 10 隻十姊妹 tńg--來，góan 3
叔--á 1 pái hiông-hiông 就買 100 隻十姊妹 koh 文
鳥、錦鳥 1 項 5 對，無夠錢 in 朋友先 hō i 欠，
講等賣了趁錢 chiah 還。

　　我起先 liàh-chún 鳥 á 食蟲就好，nah 知講

ài koh kā 公司買專工為這款鳥 á 製造 ê 飼料，米 á kap 番麥 á 落去濫--ê，親像人 án-ni，1 工飼 3 頓，ta̍k chái 起都 ài 清鳥櫥 á，添飼料、清水，kā 鳥 á 屎拚清氣。我真愛 tàu-saⁿ-kāng，文鳥、錦鳥 iah 是十姊妹 lóng iáu 細隻，毛黃黃、短短，m̄-koh chiuh-chiuh 叫 ê 聲，tī tiām 靜 ê thàu 早特別好聽。

鳥 á 1 日 1 日大，我 ê gín-á 伴，A 生 kap 客人 gín-á A 朋 (phn̂g)á、A 潤 (jún)á lóng 真欣羨，tiāⁿ-tiāⁿ 來 góan tau 看鳥 á，in 想 beh 飼鳥 á 食飼料，我講 in bē hiáu，bē-sái o͘-pe̍h 飼，hit chūn，我心情 chiok iāng。真緊，鳥 á 毛愈發愈長，鳥 á mā súi--起-來，文鳥是白--ê，毛白 siak-siak，錦鳥是青濫白，koh-khah súi，十姊妹 mā 真 kó-chui。鳥 á 愈大隻，3 叔--á 心肝愈歡喜，我就愈煩惱，我知影 chiah-ê kó-chui ê 鳥 á 會 hō͘ a 叔賣--去。

煩惱 bóng 煩惱，鳥 thûn-á 總--是 ài 賣 chiah 有錢，hit 工，人客 kap 2 個公司 ê 人駛 1 台貨物 á 車來，人客紹介 hit 個 mā 是穿西裝--ê 講是公

司 ê 經理, 另外 1 個是駛車 ê 運轉手, 有飼鳥
á--ê lóng 來 góan 門口庭交。經理講價數 kap chìn
前 phín--ê 無 kâng--a, 日本 hit pêng 市草 ê 關
係。飼鳥 á 戶 hì-hè 叫, 想講這聲害--a。破格成
--á tī 邊--á 冷冷講:

「我都知--leh, 出問題--a hohⁿ!」

經理宣佈講 khah 早 1 隻90 khơ ê 文鳥, chit-
má 1 隻 chhun 80 niâ;錦鳥 mā 有 lak, khah 早是
60, 這 chūn chhun 55 khơ。3 叔--á 講 i 1 項chiah
lóng 飼 10 隻niâ, ka-chài 損失無 chē, 上關心--ê
是十姊妹 lak jōa chē?庄內人 mā lóng 飼十姊妹
niâ, ták-ê 耳 á giú 長長斟酌聽。經理講:

「Mā m̄ 知án-chóaⁿ, che 十姊妹眞反常, 1
隻 soah 倒起 5 khơ, chit-má 1 隻是收 25 khơ。」

眾人有夠歡喜, kan-taⁿ 破格成--á 面紅紅。
經理 kā 鳥 á lóng liah 入去車頂ê 鳥籠 á 內, jîm
1 摺銀票出--來, beh 發 hō ták-ê。3 叔--á 講 beh
koh 飼, 問 i kám 有載鳥 á kiáⁿ 來?經理講:

「無--lah, lín 若 beh koh 買鳥 á kiáⁿ 來 kā 我
登記, bîn-á-chài chiah 載--來, m̄-koh 價數 ài 先

phín--1-下，文鳥 kap 錦鳥 1 對減 2 khơ，十姊妹
本底 1 隻 ài 起 5 角，m̄-koh 為答謝原客戶，今
á 日賣 ê 錢 beh 換鳥 á kiáⁿ--ê，1 隻 kāng 款是 5
khơ，若 beh 加買 iah 是新客戶 lóng tiȯh-ài 1 隻 5
khơ 半 chiah beh 賣。Beh 愛--ê 今 á 日 ài 先登記，
bîn-á-chài chiah 有 in ê 額。」

有人講臨時臨 iāu 無錢 thang 買，經理講是
先登記，等 liȧh 著鳥 á kiáⁿ chiah 付錢就會 sái。
這 pái，連上鐵齒兼破格 ê 成--á mā 登記 100 隻 ê
十姊妹，koh 有隔壁庄聽著風聲走--來-ê mā lóng
搶 beh 登記，ùi 過畫 bú gah beh 暗 chiah 處理好
勢。

翻 tńg 工，1 khùn 3 台貨物 á 車載鳥 á kiáⁿ
kap 飼料來，算算--leh，連 hak 飼料 ê 錢 lóng 總
這攤就收 beh 20 萬。Koh 來，kui 庄 lóng leh 飼
十姊妹，A 生、A 朋 á kap A 潤 á in lóng 免 koh
來 góan tau 看鳥 á--a。

當然，3 個月後，就 chhōe 無 hit 間公司 ê
人，鳥 á m̄ 知 beh 賣 hō͘ siáng，kui tīn 人來 chhōe
góan 3 叔--á，i soah 講 mā m̄ 知 hit 個朋友 tòa toh

位，khah 早 tī 台北 mā chiah kap i 見過 2 kái 面niâ。

破格成--á 講：「我都知--leh，gōng 庄 kha sông！」

Góan 3 叔--á 罵講：「你 ka-tī m̄ 是 mā 了550 khơ！Lóng 是 hō 你帶 soe siâu--ê，頂遍你無買，góan 就 lóng 趁有著錢！」

這 pái ê 十姊妹事件，góan 庄--nih ê 結論是「破格成--á 害--ê」。

甘蔗園記事

Bat 有人問我上愛食 siáⁿ-mih 果子，我斟酌想了後，講是「甘蔗」。甘蔗 kám 有算是果子？我 mā m̄ 知。街路邊常在有人 leh 賣甘蔗，lóng 是削好，tok 做 1 節 1 節用塑膠 lok-á té--leh，1 包賣 50 iah 是 100 kho，he 我 m̄ 是眞 kah-ì。我愛食甘蔗 ê 趣味是 khè 甘蔗皮，若有 he 無削皮 kan-taⁿ tok 做短節 niâ--ê，我無買的確 bē 過 giàn。我食甘蔗 ê 工夫眞厲害，khah 硬 --ê 目我都有才 tiāu gè，che 是自我做 gín-á 時代就練--出來 ê 本等，hit 時，góan 食--ê 是青皮 --ê，叫做「原料甘蔗」，市面上這款紅皮--ê，góan 講是「臘甘蔗」，原料甘蔗比臘甘蔗 khah 硬。

彰化 kui 遍 ê 平洋 lóng 是種作 ê 肥田好土地，tī 我記智內底自來 ê 景觀 kan-taⁿ 播田 kap 插甘蔗，góan 講播田就是種稻 á ê 意思，m̄-koh

作 sit 人無講「種稻á」這款話。插甘蔗聽講是
日本人來了後 chiah 有--ê，為著糖廠 ê 經濟效
益，kā 眞 chē 農地改落去插甘蔗，當然是製糖
用 ê 原料甘蔗。Hit 時 ê 農民 kap 糖廠契約，由
廠方提供本錢 hō͘ 農民整 (chiáⁿ)地、買蔗種，甘
蔗剉了，總交 hō͘ 糖廠。廠--nih 為 beh 提高產
量，派人員巡蔗園，叫做「顧更 á」，若有人
食原料甘蔗 hō͘ in liàh--著，會處罰。講--來 mā
眞酷橫，ka-tī 種 ê 甘蔗，soah bē-sái 食，引起眞
chē 不滿，koh m̄-tāⁿ án-ni niâ，甘蔗車去製糖會
社，磅重 lóng 是會社 ê 人 leh 主意，in 磅了寫
單 hō͘ 蔗農，單註講 jōa 重就 jōa 重，蔗農照單
領錢。有人 bat 試--過，1 台甘蔗磅--過了後，
講是幾噸，koh 加 6 個大人起--lih，kāng 款mā
是 hit 個重量，he 磅 á 根本都 bē 準。就是án-
ni，民間有 1 句 kêng-thé ê 話講「第一 gōng，插
甘蔗 hō͘ 會社磅」，為著這 chân，老 1 輩--ê lóng
知影，我 ê 故鄉彰化二林發生過 1 件台灣史上 ê
大 tāi-chì，蔗農 kap 日本政府 hām 製糖會社 ê 衝
突，就是「二林蔗農事件」，che m̄ 是我 beh 講

ê 主題。

　　我讀國民學校 ê 時，ùi góan tau beh 去學校 ê 路--nih，有幾 nā 坵甘蔗園，甘蔗大叢了後，葉 á 密--起來，人 bih tī 甘蔗園內底無人知，góan 學生 gín-á 隨身 chah 番刀á，刀 á 柄 khiau-khiau，用 kui kōaⁿ 樹奶結 tiàm 褲頭，削鉛筆用--ê，phut 甘蔗當然 mā 眞理想。鑽入去甘蔗園，1 人取 1 支就 gè 就 sut，食歡喜了後 koh 會 tàng ng-kòk-ke bih 相 chhōe，精差 báng-á 眞 kāu，koh 蔗葉 á 利劍劍，無細膩會割 gah 大空細裂。

　　我細漢眞愛看人剉甘蔗，hit chūn 若無「顧更 á」來巡邏，ta̍k-ê lóng 會 sái 甘蔗食 gah 歡喜，主人 bē 講 gah 1 句 êng-á 話。剉甘蔗眞心適，1 班人分做幾 nā 組，頭行 (kiâⁿ) 負責 kā 甘蔗 ùi 頭剉--落來，二行是 tok 蔗尾，hâ kui 總 (cháng)，che 是牛上興 ê 食物。三行--ê 負責 lân 蔗根，lân 是用刀反手勢倒頭 khau ê 意思，mā 有人就講是「修蔗根」。Lân 好勢，兼 kā tok 做差不多 4 節。上尾行--ê 就 bāu 綑，用草索 á kā kui 堆甘蔗綑做夥，等剉了，ta̍k-ê chiah 合齊

kā 1 綑 1 綑 ê 甘蔗搬去牛車頂，拖去有糖廠 5 分
á 火車經過 ê 鐵支路邊，hō 烏台車去會社。

　　甘蔗開始剝蔗 hàh-á，就是 beh 會甜--a，
góan chiah-ê gín-á 知影 beh 有甘蔗 thang 食--a，
我上愛看剝甘蔗 hàh ê 姑娘，頭巾面巾手 siū 手
lông 包 gah kui 身軀密 chiuh-chiuh，行路 koh 會
ná 唱歌 ná ngiú，留 tī 我 ê 記智--ê，tàk-ê 身影
lóng 真妖嬌、迷--人。有 1 pái 我放學 bih tī 甘蔗
園內，偷食 1 支甘蔗了，beh tńg--去 ê 路--nih，
頭前有 1 tīn 剝蔗 hàh 煞 beh tńg 厝 ê 姑娘，in 幾
nā 個 ná 行 ná 講笑，kan-taⁿ 1 個無 leh kap in 講
笑，ka-tī tòe tī 上ò 尾 leh 唱歌，我聽無 i leh 唱
siáⁿ-mih，m̄-koh 知影是民間時行 ê 唸歌，聲 kē-
kē、幼幼，有 1 種深情 hō 我愈聽愈迷，soah bē
記得 tńg 去 góan tau ê 路 ài oat 角，tòe hit 個姑娘
後壁一直行，到 in tau 門口庭，看 i kā 伏面 ê 巾
á tháu--起來，chiah 知是 A 梅，看著 i ê 面，soah
無感覺有 jōa súi。Hit 工 siuⁿ 晏 tńg--去，hō góan
i--á 罵，真算 bē 和。

　　有 1 段日子，góan 庄--nih hán 講甘蔗園有

pháiⁿ 物 á，góan sī 大人特別交帶講 m̄-thang siuⁿ
入--去，有人 bat 看著紅頭鬃 ê 青面獠牙 tī 園
內跳來跳去，講舌 á koh thó-thó，隔壁庄有人
看--著，驚破膽，收驚收 bē 好。學校 mā 有 leh
傳這號消息，先生 mā lóng hoan 咐，放學 ài 隨
tńg--去，m̄-thang sńg siuⁿ 晏，khah bē 出 tāi-chì。
原本 góan 是無 siáⁿ leh 信 táu，m̄-koh 想--起來 iáu
是膽膽，就偷 phut 大路邊 ê 甘蔗 bóng 解 sò。
大路邊--ê khah 細叢，甜分 khah 無夠，甘蔗絲
koh 特別 jūn，若無細膩會連嘴齒都 hō͘ 甘蔗挽--
去，若 m̄ 是姑不二三衷，góan 實在 bē giàn 食。

我講姑不二衷是有影--ê，góan 食甘蔗 ài 避
雙重危險，m̄-tāⁿ 驚主人看--著，koh tiòh 斟酌
「顧更 á」，góan 附近幾 nā 庄頭 ê 人有講通
和，piān 若有人看著顧更 á 出來巡邏，無論 jōa
遠，就會 hoah 講：

「牛相 tak！」

這句是暗號，聽--著 ê 人就緊 kā 手--nih teh
食 ê 原料甘蔗 phiaⁿ 掉，che m̄ 知 ài 講是「自
力救濟」iah 是現代話講 ê『守望相助』。有 1

pái, góan 同學 A 生, in a 舅來, 買 1 支臑甘蔗
做等路, i tú giảh 1 節 teh gè, 聽著人 hoah 「牛
相tak」, 趕緊 kā 甘蔗 phiaⁿ 落圳溝 á 底。我 kā
講:

「你食--ê 是臑甘蔗, nah tiỏh phiaⁿ 掉?」

I chiah 想--著, 跳落去溝 á 底 chhōe hit 節甘
蔗, 摸眞久, kō gah kui 身軀 ê lỏk-kô-á-môe, án-
ni 就 thang 知影這句話有 jōa 恐怖!另外 góan
koh 驚主人看--著, gín-á 伴 ka-tī 發明暗號, 若
hoah:

「Lāi-hiỏh lāi-hiỏh 飛上山!」

親像 gín-á 做度 chè chhōa 出去 hoah lāi-hiỏh
án-ni, 大人 khah bē 犯 giâu 疑。Tī góan hia, piān
若大人看著 gín-á leh 偷剉甘蔗, 準講 m̄ 是 hit
坵甘蔗園 ê 主人, mā 會嚷 gín-á, 講若寵 sēng
gín-á 細漢偷挽 pû, 大 hàn 就有可能偷牽牛。通
常若 hō͘ 大人iah 是主人看góan 偷甘蔗去食, 有--
是唸--2 句 niâ, bē 有 siáⁿ 大 tāi-chì。有時 á góan
kek phî-phî--á, 無 siáⁿ chhùn-būn--著, 無親像對
顧更 á hiah 驚。

爲著 hán 講有 mngh-sǹg--ê tī 甘蔗園，害
góan 這 tīn 猴 gín-á 眞久 lóng m̄ 敢入去甘蔗園
khah 內底去 sńg 兼食 1 個夠 khùi，koh 隔壁庄
開始 leh 剉--a，liȯh-liȯh--á 就剉 tùi chia 來，會
tàng 食甘蔗 ê 日子無 chē--a，tòa 別庄 ê 同學笑 A
生 siuⁿ 無膽，hō͘ 人 háⁿ--1 下就驚。A 生 bē 堪得
激，講 beh 頭 1 個入去甘蔗園 liȧh 魔神 á，臨時
臨 iau koh 驚驚，就招我 kap i 去，兼做 i 有入--
去 ê 見證。路--nih 一直有庄--nih ê 人來去，góan
等到天 beh 齊暗，chiah 鑽入去大崙邊風聲講有
pháiⁿ 物 ê 甘蔗園，A 生 soah 叫我行頭前，i 主
角變配角，我無緣無故公親變事主，愈行愈 m̄
願，i koh 手 kā 我 khiú ân-ân，內面是暗 so-so，
A 生去 hō͘ 蔗尾割--著，哀 1 聲，我 hō͘ i 驚 1 tiô，
hiông-hiông 附近有 siáⁿ-mih 物件 chông--出來，
ká-ná 有 2 隻魔神 á 分 2 路 chông tùi 別個甘蔗溝
出--去，我驚 gah giōng-beh 破膽，A 生 koh khah
hàm，講 i 軟 kha，倒 tī 甘蔗溝 peh bē 起--來。
橫直 mngh-sǹg--ê mā 走--去 a，góan 就 tī 園內
hioh--1 khùn-á，tī góan 頭前 ê 股溝 ká-ná 有 siáⁿ 物

件，我行 óa--去，是布料做 ê，暗暗看無是 siáⁿ
物件。A 生講是魔神 á ê 物件，góan kā khioh--起
來，會 tàng theh tńg 去 kā 人展。

He 是人 ê 頭巾、手 siū kap 內衫，góan a-pa
kap A 生 in tau ê 人研究 ê 結果，講 he 應該 m̄ 是
魔神 á ê 物件，我 kap A 生感覺眞失望，本底
góan liáh 準 ka-tī 是英雄。A 生 in i--á hiông-hiông
認--出來，講：

「Che 包巾 kap 手 siū 應該是 A 梅 ê！」

我斟酌看，有影面熟，ká-ná hit 工就是看
i 包這條巾 á。In 大人得著 1 個結論，講是 A 梅
m̄ 知 kap siáng leh 戀愛，驚人看--著，bih tī 甘蔗
園約會。A 生 in a-pa 唸 1 首歌講：

「Kap 君約 tī 後壁溝，菅尾 phah 結做號
頭，夭壽 siáⁿ 人 kā gún tháu，phah pháiⁿ 姻緣是
無 gâu。」

In a 叔講 che 歌 ài 改做：「Kap 君約 tī 甘
蔗溝，蔗尾 phah 結做號頭，夭壽死 gín-á siuⁿ 假
gâu，未赴穿衫雙頭走。」

翻 tńg 工我去學校，按算 beh kā 同學宣

佈講「甘蔗園已經清氣--a, 免驚siáⁿ 妖魔鬼怪」, 話講出嘴, hit 個同學就講 i 知--a, 是 in 老 pē 破案--ê, 我 1 時 sa 無總。Hit 個同學 in 老 pē 是街--nih 派出所 ê 警察, cha 暗半暝, 全所總動員, 去搜查甘蔗園, liàh 著 5 個別庄專門 leh 整 kiáu 間--ê kap 10 外個 pòah-kiáu kha。In 原本是 tī 都市設 kiáu, 風聲 siuⁿ ân, 走來庄 kha ê 甘蔗園中央, 用電池火 chhiō 光開 kiáu 場, 警察有 tī 現場 chhōe 著妝做魔神 á ê 紅假頭毛 kap siáu 鬼 á 殼, 長長 ê 嘴舌是 1 條紅布 á niâ。In 先 háⁿ 人講有鬼, án-ni, khah 無人會半暝去甘蔗園破壞 in ê 財路。

　　了後, 有真長 ê 期間, 我若看著甘蔗園, 想--著 ê m̄ 是 hit 幾個假鬼 ê kiáu 徒, 是包 gah 密 chiuh-chiuh, ná 行 ná 唱唸歌 A 梅 ê 形影, i 唱--ê 應該是:

　　「含笑過畫 phang kin 蕉, 手 kōaⁿ 茱籃挽茶葉, 驚 pē 驚母 m̄ 敢叫, 假意呼 (kho͘)雞 hoah lāi-hiòh。」

Khioh 稻á 穗

　　Tī 1 間咖啡店看著複製 ê 名畫「khioh 稻á 穗」，有影畫 gah 眞 chán，m̄-koh 我細漢時代 khioh 稻á 穗--ê lóng 是gín-á，這幅畫--ê 是大人 leh khioh。

　　Tī góan 故鄉 kui 遍 ê 平洋，靠播稻á 食飯是 tȧk 口灶 lóng kāng 款--ê，作 sit 人 han-bān 變竅，m̄ 知外口 ê 社會 koh 眞 chē 無 kâng ê 生路。1 年稻á 收早冬 kap 慢冬 2 pái，是作 sit 人所有ê ǹg 望，góan gín-á 就趁機會去khioh 稻á 穗。大人組割稻á 班，1 班 10 外個人，tī 庄--nih 是相放伴--ê，1 口灶出 2 個人，先開會排 1 個順序，看 siáng ê chhek-á ài 先割，kui 班先去割 hit 坵田，這坵割了 chiah 換割別戶--ê，pîn-thâu-á 來，互相免付工錢，若去外庄割就照工價收，總割了 chiah 由 báuh 頭 kā 工錢發 hō͘ 眾人。

　　這 10 外人組 ê 割稻á 班分做 3 行 (kiâⁿ)，

頭行--ê 是 giah 鎌 lek-á kā 稻 á ùi 離塗量約 1 liàh
kôan 所在 ê 稻稿割--落，1 pái 割 1 bô 10 外叢，
5、6 bô khng 做 1 堆；二行--ê 就 kā kui 堆稻 á 做1
把 moh 去機器桶邊，kha ná 踏機器桶，手--nih ê
稻尾 tu 去 leh seh ê 圓柴 thiāu-á phah，kā chhek-á
phah--落-來，lak tī 桶內，無 chhek-á ê 稻稿 phiaⁿ
tī 邊--á；上尾行--ê kā 稻稿總(cháng)做 kui 把，1
把就叫做 1 總，kui 總 chhāi khiā tī 田--nih。稻草
等曝 ta 了後，chiah 用牛車載 tńg 去疊 tī 門口庭
尾，囷 kôan-kôan 1 堆，叫做草 khûn；看草 khûn
kôan kē 就 thang 知影這口灶田作 jōa 闊。

Tī pha 荒 ê 農村，稻草 tī 生活上扮演眞重
要 ê 角色，khàm 厝頂無茅 (hm̂)á 就用稻草，
phah 草索 á mā tioh 稻草，上 kài 要緊--ê 是 3 頓
煮飯 hiaⁿ 火，柴是眞缺 ê 罕物，過年炊粿 ài 慢
火 chiah 甘用，若日常煮飯、sah 豬菜，lóng mā
用稻草。去草 khûn 抽草總來 tháu 開，kā 稻草
纏做草 in，hē tī 灶前，beh 煮飯 hiaⁿ 火，chiah 1
in 1 in long 入灶空。

話柄 koh khioh 倒 tńg--來，機器桶是柴 kap

鐵組合--ê，分做 3 部分，頭前是柴 ê kha 踏 á，
1 pái 2 人做 1 kâⁿ tàu-tīn 踏，踏 á 有 lián 齒 á 接中
央 1 khơ 柴做 ê 圓 khơ thiāu-á，thiāu-á 頂有釘粗
鐵線 1 phok 1 phok，kha 踏 á 引動圓柴 khơ thiāu-á
tńg-sėh，kā 稻尾 ǹg leh sėh ê 柴 thiāu-á，phok--出-
來 ê 鐵線會 kā chhek-á phah 掉，lak tī 上尾部分 ê
桶斗內底。

　　機器桶邊有 2 條索 á，khah 近 ê 稻堆 phah
了，踏桶 ê 1 kâⁿ ài 1 人拖 1 pêng，徙進前，若
tú 著 làm 田，眞 pháiⁿ 拖。總稻草--ê ài koh 用亞
麻袋 kā 機器桶內 ê chhek-á put 入去袋 á，1 袋 1
袋先 chhāi--leh，等總割了，tȧk-ê chiah kā kui 袋
chhek-á lóng giâ 去田頭 á 牛車頂，到 chia，割稻
á 班 ê khang-khòe 就煞--a。Chhek-á 車 tńg 來到
厝--nih，kā 亞麻袋 á tháu--開，chhek-á lóng 拚 tī
門口庭曝，門口庭無夠闊 gah 會 tàng kā chhek-á
phi 開，就用 chhek 耙 kā 辴 hō 1 lêng 1 lêng，曝
1 段時間了後，ài péng pêng，chiah 曝會齊勻，
等 lóng 曝 ta，ài koh 過風鼓，kā phàⁿ chhek-á 鼓
掉 hō cheng 牲 á lo，chhun--ê 就是作 sit 人艱苦半

年，所 ng 望收成 ê chhek-á，kā chhek-á 載去thô-
lâng 間 á，mā 有人叫做「米 ká」，ká--落-來 ê
chhek-á 殼是粗糠，米外口 koh 包 ê hit 緣膜，ká
掉做米糠，che lóng 是 cheng 牲 á ê 食糧。飼 lán
台灣人世世代代 ê 米，kui 個收成 ê 過程就是
án-ni。

　　這篇文講 ê 是「khioh 稻 á 穗」，先 kā 稻 á
到米所有 ê 利用 lóng 講清楚是有目的--ê，kā lán
祖先 án-chóaⁿ 艱苦種作到收成記--落-來，kui 個
稻作 ê 生活文化是台灣歷史重要 ê 記智，lán 這
代--ê 應該有 phó-mé-á 了解。

　　我會 hiáu kap 人去 khioh 稻 á 穗是 6 歲，
khah 細漢是有看著別個 gín-á 人去田--nih khioh
稻 á 穗，m̄-koh siuⁿ 少歲 pē 母 m̄ 敢 hō 我出門，
koh 再講，割稻 á ê 大人 chông 來 chông 去，細
漢 gín-á kha 手 khah 慢，閃無離會 hō 人 lòng--
著。頭 pái beh 去 khioh 稻 á 穗是 A 榮--á chhōa
我去--ê，i 雖 bóng chiah 加我 1 歲 niâ，m̄-koh 漢
草khah 粗，加真 giám-ngī，góan i--á hoan 咐我
ài tòe A 榮行，m̄ thang ka-tī 走無--去。Khioh 稻

á 免 chah siáⁿ-mih ke-si， 有是 1 條草索 á， 看會 tàng 縛 kui 把稻 á phāiⁿ--tńg-來-bē。

Hit 工是 leh 割客人 A 水雄 in tau tī 大溝下 ê 稻 á， 照我 hit 時 ê gín-á kha ài 行 20 分鐘久， 沿路 koh 有 3、4 個 gín-á 來 kap góan 行 kāng tīn， A 榮是 gín-á 頭王， i hoan 咐眾人 lóng ài 幫贊頭 pái 參加 khioh 稻 á ê 我， 客人 gín-á A 朋 á 隨就分我 1 mi 塗豆， 講是去 kám-á 店 kā 厝--nih 買 beh 請--人 ê 時偷 mi 起來 khǹg--ê。另外 1 個客人 cha-bó͘ gín-á A 妹 á， m̄ 知 án-chóaⁿ， 客人 ê cha-bó͘ gín-á lóng 叫做 A 妹 á？I mā ná 行 ná ngiú 車鼓舞 hō͘ 我看， koh 叫我學 i án-ni ná 行 ná ngiú， 我 pháiⁿ-sè， A 榮就命令 ta̍k-ê lóng ngiú， 講 án-ni 我就 khah bē pháiⁿ-sè。另外 1 個 Holo gín-á 看 ta̍k-ê lóng 對我 chiah 好， 就講 beh 唱歌 hō͘ 我聽， m̄-koh 聽無 i leh 唱 siáⁿ， A 榮講 i 若 mài koh 唱就是眾人 ê 福氣。我初出洞門就得著眾人 ê 愛護， hō͘ 我 1 世人 lóng 會記--得。

Khioh 稻 á 有 2 種狀況 thang khioh， 頭行--ê kui bô 有時 á 會 1 半叢 á 割無著， iah 是塗 kha

kui 把，二行--ê moh 無齊離，加減有 1、2 穗 lak
tī 塗 kha，也有 moh beh 去機器桶 ê 時，ka-láuh
tī 半路--ê，án-ni 1 poʠ khioh--落-來，也有 kui 大
把，moh tńg 去厝--nih，chiah kā chhek-á phah--落
-來，té leh 布袋，這款 khioh--來 ê chhek-á 是我 ê
sai-khia，等集 khah chē，賣 hō͘ 來糶 chhek-á--ê，
1 個割稻á 多落--來，也賣 10 外 khoʠ gûn，a-i 會
kā 我換做銀角 á，儉 tī 竹管 á 做 ê 錢筒 á 內。

　　A 榮是 góan 庄上 gâu khioh 稻á--ê，風聲講
i 1 多 khioh ê 稻 á lóng 賣幾 nā 百 khoʠ，giōng-beh
比人作 1、2 分地--ê khah 好空--leh。頭 pái kap
i 去，到 beh tńg--來 ê 時，我感覺 ka-tī khioh bē
少，piān 若有 kap 別個 gín-á 同齊看--著-ê，人
lóng 讓--我，m̄-koh kap A 榮比--起-來，i 是用 1
條草索 á 縛 ân-ân phāiⁿ tī kha-chiah-phiaⁿ 後，我
是用手 moh niâ，有影差眞 chē。

　　講--來 A 榮是可憐 gín-á，in a-i 破病，kui 年
thàng 天 lóng ài 食藥 á，有時 á góan i--á 無輪著火
khau，換 góan a 嬸煮 ê 時，會去 kā in tàu 煮飯，
A 榮 in a-pa 聽講是去頂頭做挖炭空 á ê 工，án-ni

chiah 有法tō 應付藥á 錢，A 榮koh 有 2 個小妹，
lóng 是 A 榮 leh tàu chhōa，i 是大 hàn 後生。暗
時á góan i--á mā 會去 kā in 幾個 gín-á 洗衫 á 褲，
就是 án-ni，A 榮 chiah 會 kap 我 chiok 好，tảk 項
lóng 為--我。

有 1 暝，我 tòe a-pa 去店 á 頭看 i pỏah-kiáu，
tú bat 幾字四色牌 á 頂 ê 漢字，親像帥仕相車
馬炮這款--ê，就 kā a-pa 手--nih ê 牌唸--出-來，
a-pa 眞 siūⁿ-khì，kā 我趕--tńg-來，soah chhōe 無
góan a-i，想講是走去 A 榮 in tau 替 in 洗衫，就
beh 去 chhōe，到 in 厝後 phòng-phuh-á kha，soah
看著 A 英--á khû leh 洗，A 榮 tī 邊--á tàu chhūn hō
ta。我看無 góan i--á，就 tńg--來，到半路 á，
tīng 著a-i，講是抱 góan 小弟去 hō 缺--á 收驚。我
kā 看著 A 英 kā 榮--á in 洗衫 ê tāi-chì 講--出-來，
a-i 講 A 英是好心 chiah 會 án-ni 做，驚人誤會生
êng 話，叫我上好 mài kā 別人講這 chân tāi-chì。

過無 jōa 久，庄--nih 傳講 A 英嫁無人愛，
去 tòe 著榮--á in 老 pē，連榮--á in hit 個破病 ê a
母都 i leh tàu 顧。A 英已經 beh 30 歲--a，bat 嫁

去老窯，死翁了 hō ta-koaⁿ-á 趕tńg 來後頭厝，
無生 gín-á，就 tī 厝--nih tàu 作 sit，i 人生做眞大
khơ 把，面--ê kāu thiāu-á 籽，作 sit 無輸 cha-pơ
人，播田、割稻 á、giâ chhek 包，kha 手眞 mé-
liáh。

　Koh kap A 榮去 khioh 稻 á ê 時，我 tòe tī 榮
--á ê 後壁 khioh，想講看會親像榮--á khioh hiah
chē--bē。A 英 mā tī 割稻 á 班 ê 第二行，割稻 á、
拖機器桶 lóng 眞有力，我 soah 看著 A 英目chiu
leh 相邊--á，無人 leh 注意ê 時，i kā kui 堆稻 á
chiah mơh 1 半，留半把 hō tòe i 後壁 leh khioh ê
A 榮，hit chūn 雖 bóng 我 iáu 細漢，iáu 是知影
in leh 變 siáⁿ báng，想著榮--á 對我 hiah-nī-á 好，
soah m̄ 敢講，m̄-koh 我知影 i gâu khioh 稻 á ê 原
因--a。

　人講「卵 khah 密 mā 會有縫」，過無 jōa
久，店 á 頭就有人 leh 會講 A 英漏稻 á 穗 hō 榮
--á khioh ê tāi-chì。A-pa 講無證無據 bē sái o·-péh
賴--人，A 英 tī 庄--nih 自做 cha-bó gín-á 起就
眞 tiau 直，應該是 bē án-ni chiah tióh--lah。Tng

leh 會 ê 大人看著 góan kui tīn gín-á tī 邊--á, 就問 góan 講「bat 看過 A 英漏 kui 把稻 á hō 榮--á khioh--m̄」, 我看 tak-ê gín-á lóng tiām-tiām, tú 按算 beh 開嘴, 看著 a-pa ê 目 chiu 真 pháiⁿ, 緊搖頭 tiām-tiām。

到下冬 beh 割稻 á ê 時, 庄--nih beh 組割稻 á 班, 人 lóng 無愛 hō A 英份額參加, 我想講 A 榮 tiāⁿ-tioh khioh 無 hiah chē--a, nah 知 beh tńg--來 ê 時, i kāng 款 kui 大把用草索 á phāiⁿ tiàm kha-chiah-phiaⁿ, 我真 m̄ 信聖, 就 koh tòe i 後壁斟酌看, soah 看著幾個人 lóng 會漏 kui 把稻 á hō i khioh, 連 góan a-pa 都有 án-ni 做--過。大人實在真奇怪!

過1冬, 榮--á in a-i iáu 是死--去, in a-pa 就無 koh 去北部做炭工 á, 我想講 A 英會做榮--á ê 新 a-i, m̄-koh mā 是無, 有是去 tàu 煮飯、洗衫niâ。我 bat kā 去 khioh 稻 á 看--著 ê tāi-chì 問 a-i, i kan-taⁿ 笑笑講:

「Khioh 稻 á m̄ 好好 á khioh, lóng leh 注意人 ê êng-á 事, 莫怪會 khioh 輸--人!」

來去liáh 走馬á

朋友來 chhōe--我，beh 晝--a，招 i 去附近食飯，問 i 愛食 siáⁿ-mih，i 應講「mài siuⁿ 油--ê 就好」。現代社會 tàk-ê khah 有食品健康觀念，góan bó· 煮食 ê 時，飯會參 kóa 雜糧，講 án-ni khah 有合營養學，炒菜、煮湯 mā 無 siáⁿ 愛參鹽 kap 味素這類 ê 配味料，理由 mā 是健康觀念，對我這款無 siáⁿ 健康智識ê 庄kha 人來講，食真 bē 慣勢。

Tī 米國 ê 時，1 個專門研究食物健康 ê 朋友 beh 請我食飯，tī 學校米國 á 開 ê 餐廳 lóng 是菜蔬生食，bē 輸是生番--leh，我食 gah 驚，就先 kā hit 個朋友參詳講「菜 ài 煮熟--ê 我 chiah beh 食」，朋友有答應。Tú 好文學伴林衡哲醫生同時 mā beh 請--我，我就招 i 做夥去 hō· hit 個朋友請，koh kā i 展講「菜是有料理--過-ê」，i mā 真歡喜。Hit 個朋友 chhôan 真 chē 好料--ê，

mā 有照約束 kā 茱蔬 lóng 煮熟，精差都 kan-taⁿ
煮 niâ，lóng 無參 gah 半項配料。朋友問講「好
食--無」，我 m̄ 敢應，就 tiām-tiām，林醫生目
頭 kat-kat，面憂憂一直應講「眞好食，眞好
食」。

　　我做 gín-á ê 時代，庄 kha 人 3 頓食飯是
「有菜無鹹」，這句話 ê 意思 m̄ 是講菜煮無夠
鹹，góan 講 ê 菜，就是茱蔬、青菜。魚 kap 肉
這款好料 ê 罕物 chiah 叫做鹹，kiám-chhái 是魚
肉有 khah 貴，驚人配 siuⁿ chē 傷本，就 lóng 會
煮 khah 鹹--leh，chiah 會 án-ni 講，我 mā m̄ 是
眞知。Nah 會有菜無鹹--leh？菜種 tī 塗--nih 就
會發，庄 kha sì-kòe 是，無稀罕，魚 kap 肉 lóng
tiȯh 錢伯--á 去買，免講 mā 有 khah 乏，若 m̄ 是
做醮拜神、請人客，siáⁿ 人有 he êng 錢 hiah 量
siōng？無鹹是 beh án-chóaⁿ 配會落飯？Góan 就
用菜頭曝乾豉做菜脯 iah 是豉菜頭 long，豉 am
瓜 á、菜心，lóng 是豉 gah 鹹 gah ná kê--leh，án-
ni 做鹹來做物配。

　　鹹路--ê 解決--a，koh 欠油臊，人講「久無

油臊人會cho」，hit chūn iáu 無發明 siáⁿ-mih leh
『葵花子油』、『沙拉油』，動物性 ê 油就
「豬油」，kā 豬油肉爆爆--leh，khè 1 khùn--á 就
koh 堅凍，kui 碗白白，挖 1 sut-á kiáu tiàm 燒燒ê
飯--nih，做夥 kā chhiau-chhiau 拌拌--leh，phang
kòng-kòng，食 gah m̄ 知 thang 飽。植物性 ê 油
是火油 kap 菜籽 á 油，火油就是塗豆油，是 hit
chūn 民間上時行--ê。菜籽油是油菜籽 á 提煉
--出-來-ê，氣味臭 phú 臭 phú，食久會驚。厝
--nih 是 a 公 leh hōaⁿ 手頭，hit chūn góan 3 叔、
4 叔 lóng iáu 未娶 bó，kan-taⁿ góan a-i kap 二嬸--á
2 個 tâng-sāi leh 輪伙 khau，1 khau 煮半個月，照
Lán-lâng ê 頂下個月輪。A 公 1 khau chiah tah 1 罐
火油，kui 家口 á 是 20 幾個嘴空 leh 食，若無
khah 儉 á 用是 tiāⁿ-tiòh 無夠，3 頓炒 ê 菜 lóng 是
用布 ùn 油 tùi 鼎底小拭--1-下 niâ，無油無臊，
到 kôaⁿ--人，tàk-ê lóng 嘴唇 pit-pit 心肝頭 cho-
cho。

　　Góan i--á 大新婦是輪頂 khau，下半個月免
煮 3 頓，秋--nih 了後，田--nih 清離--a，聽人講

海口海 kîⁿ 有 1 種細隻毛蟹 á 叫做走馬 á，chòaⁿ
眞有油，就招我做夥去。趁 chái 時 iáu 未出
日，góan 包 2 粒飯丸 chah--leh 就出門，1 人 kōaⁿ
1 kha 桶 á，海邊風眞 thàu，叫我加疊 1 領裘 á。
二林雖 bóng 有 óa 海，m̄-koh ùi góan 庄去到海口
iáu 有 1 段路--leh，ài 先行 5、6 公里路到二林街
á，koh 行差不多 6 公里chiah 會到 Ông-keng（王
功）海口。Hit 時我 chiah Lán-lâng 7 歲 gín-á，iáu
未讀冊，beh 行 hiah 遠 mā 眞食監，到尾--á soah
ài a-i kā 我 āiⁿ。

　到二林街 á，a-i 講我若肯 ka-tī 行，beh 買
丸 á hō 我食，he 是 tī 市 á 口 leh 賣--ê，1 粒丸 á
5 角 gûn，用 1 支箸 chhiám tiâu--leh，眞好食，
這時想--起-來，應該是「kòng 丸」。我箸 giáh-
-leh ná 行 ná 食，食無 gah 1 半，soah lak 落塗
kha，我 khioh--起-來就 beh koh 食，a-i kā 我接過
去 pōaⁿ-pōaⁿ--leh，chiah koh hō 我食。出二林街
á，tú 著雙叉路，a-i mā m̄ 知 ài 行 toh 1 條 chiah
是 beh 去 Ông-keng 海口--ê，tú teh tiû-tû，看著
有人來，就好嘴 kā i 問路：

「Lán 借問--1-下，beh 去海口 Ông-keng m̄
知 ài 行 toh 1 頭 chiah tiòh？」

對方是 1 個 kap góan i--á 差不多歲 á ê cha-bó͘
chhōa 1 個看--起-來比我有 khah chē 歲 ê cha-bó͘
gín-á，i 聽--著，隨應講：

「你 kám mā 是 beh 去liàh 走馬 á？若 án-
ni，tòe 我行，我去過幾 nā pái--a！你是 toh 位 á
人！」

Góan i--á 眞歡喜，i 在來 m̄-bat 出門，kan-
taⁿ 知影 ùi góan tau beh tńg 去後頭厝 kap beh 來二
林街 á ê 路 niâ，無想著去海口 l chōa 路比 i 想--ê
khah 遠，就 kap hit 個初熟 sāi ê a 姨 ná 行 ná 開
講。我比 a-i koh-khah 歡喜，厝--nih 我是大孫，
頂頭無 gah 半個 a 兄、a 姊，看 gín-á 伴有 a 姊
leh chhōa leh 惜，tiāⁿ -tiāⁿ leh 欣羨，hit 個 cha-bó͘
gín-á 加我 2、3 歲，leh 讀國校--a，眞 bat tāi-
chì，袋 á 內有 chah 糖 á kap chhit-thô 物 á，沿路
分我食 koh 教我 sńg i tī 學校學 ê gín-á sńg，i 會
hiáu 唸眞 chē gín-á 唸，mā 教我 1 條唱 bē 煞 ê 唸
歌，到 taⁿ 我 iáu 會記--得：

「Óe、óe、óe，台灣出甜粿；甜粿真好
食，台灣出柴屐；柴屐真好穿，台灣出加令；
加令 iāⁿ-iāⁿ 飛，台灣出風吹；風吹飛 chiūⁿ 天，
台灣出童乩；童乩 m̄ 驚火，台灣出甜粿；甜粿
真好食，台灣出柴屐……。」

行差不多半點鐘久，我 koh kha 酸--a，愛
a-i kā 我 āiⁿ，hit 個細漢 a 姊笑我無成 1 個 cha-po͘
gín-á，hit 個 a 姨講 beh kā 我 āiⁿ，我 hō͘ 人激--
著，講 beh ka-tī 行，細漢 a 姊 o-ló 我有氣魄，
就 kā 我牽 leh 行，tī 秋--nih thàu 海風 ê 路--nih，
i ê 手蹄á心真燒 lòh。

A 姨 in tau m̄ 是作 sit 人，嫁去彰化街 á，in
翁去行船，厝--nih 本底 chhun ta-ke-á，舊年過
身了，就搬 tńg 來後頭厝 Oat-á tòa，想講無 siáⁿ
gī-niū，就來海口 liàh 走馬 á 順續看海，i kōaⁿ 1
kha 銅管 á beh té 走馬 á koh phāiⁿ 1 kha ka-chì-á，
內底有 té 香 kap 金紙，講是 beh 拜海神王，祈
求保庇 in 翁行船順事，m̄-thang 去 tú 著大風
泳。

Hit 工是我頭 pái 來到海邊，tī 海埔 á sńg 水

kap 海沙，m̄-taⁿ 走馬 á niâ，koh 有 soa-súi、chh
ih-á kap 細尾魚 á，a 姊--á 對 che lóng 無趣味，i
kan-taⁿ leh khioh 砂螺 á 殼，我若看著 khah súi--ê
mā khioh hō--i。到晝，a-i kā chah ê 飯丸 thèh--出-
來，a 姨 in 是 chah 飯包，有卵包 mā 有肉，a 姊
--á 講 i 愛食飯丸，就 kap 我換，我 1 個 gín-á kiáⁿ
kā kui 個飯包食 gah 空空，a 姨 kā i ê mā chhun 1
半 hō--我，1 個 gín-á 腹 tó 食 gah 圓 kùn-kùn。

　　海邊眞鬧熱，去 hia liáh 走馬 á kap khioh 雜
魚 á 兼 sńg 水--ê 眞 chē，a-i kap hit 個 a 姨 tàu-tīn
ná liáh 走馬 á ná 講話，叫我 ài tòe 細漢 a 姊--á
行，bē sái siuⁿ óa 海--去。我有聽著 a 姨 leh 唱 m̄
知 siáⁿ-mih 歌 hō͘ a-i 聽，hit chūn 我 siuⁿ 少歲，無
kā 記--起-來，這時都也 bōe 記--得-a。

　　到 e-po͘ 2 點外，a-i 講 beh tńg--去-a，góan 1
chōa 路 ài 行 2 點外鐘久，到厝 mā 暗--a，a 姨約
góan i--á koh 來，m̄-koh 後 pái a-i 無 tióh i 伙 khau
是後個月，到 hit chūn，田--nih ài 播--a，bē tàng
出門，極加是 mê 年春--nih 稻 á 大叢，koh 輪著
無伙 khau ê 下半月 chiah 有 thang 來，beh 離開 ê

時，in 2 個 tiàm

往 góan 庄 kap in 庄 ê 雙叉路口 m̄ 知講 siáⁿ 會 chiok 久--leh。

Hit pái góan 2 個去海口 liảh 走馬 á 收成眞好，góan i--á ê 桶 á kui 半桶，我 kōaⁿ khah bē 行，桶 á chiah té 差不多 2 分 tīⁿ niâ。會 sái 講 kui 個 kôaⁿ--人，góan tau lóng 無欠油臊。

到 beh 過年前，田--nih khang-khòe 離--a，我 tiāⁿ-tiāⁿ 吵講：

「I--iò, lán 來去 liảh 走馬 á！」

A-i 講 siuⁿ kôaⁿ，走馬 á lóng bih--leh，liảh bē tiȯh，i 知影我是 leh 想 hit 個細漢 a 姊，a-i 講 i mā 思念 hit 個 gâu 唱歌 ê a 姨，m̄-koh m̄ 是去海口就會 tàng tn̄g 著 in--ê。到翻 tńg 年 ê 春--nih，我 koh 吵 beh 去海口 liảh 走馬 á，a-i soah 講今年 bē tàng 去，m̄-koh 免煩惱，我無 jōa 久 hōan-sè 就會有 1 個小妹 thang 陪我 chhit-thô。到 4--月，有影生 1 個小妹，a-i 做月內，我 mā 有食著麻油雞酒。Hit 年，góan lóng 無去海口 liảh 走馬 á。到 9--月，我 mā 入學--a，就 bōe 記得這 chân tāi-chì--a。

　　秋--nih 有 1 工，我放學 tńg--來，hit chūn góan 一年á 是讀chái 起時1 pơ niâ，先去灶kha chhōe a-i 看飯煮好--未，soah 看著有人 khû tī 灶空前 ná leh long 草 in hiâⁿ 火 ná kap a-i leh 講話，看斟酌，是 hit 個 a 姨。I 是來 góan 庄--nih 探聽 chiah chhōe--來-ê，舊年 in 翁 soah tī 南非 1 個港口 hō 人搶劫 phah--死，船公司--ê 來通知--ê，in 翁1 個大姊嫁去 tī 台北，替 in 處理賠償 kap 後事，了後，招 in 搬去台北 tòa，講 án-ni khah 有伴，gín-á beh 受教育 mā khah 利便；I 有 koh 去過海口幾 nā pái，m̄-koh lóng 無 tú 著 góan a-i，過幾工就 beh 去頂頭--a，專工探聽 góan 這庄，來 beh 相辭--ê。I 講細漢 a 姊 mā 有 leh 念--我，有交帶 i 1 項 chhit-thô 物 á beh hō--我，i ài 去學校讀冊 bē tàng 來。He 是 1 sian 發條若 chūn ân 會唱歌 koh 跳舞 ê cha-bó͘ gín-á，我感覺 kap hit 個 a 姊真相 siâng，m̄-koh 這 sian 是金頭鬃 ê A-tok-á cha-bó͘，nah 會相 siâng？Hōan-sè 是時間隔 siuⁿ 久，我 bē 記--得-a。

　　Koh 來, 我 m̄-bat koh 想起 beh 去 liáh 走馬 á
ê tāi-chì, hit 個細漢 a 姊生做 siá^n-mih 形--ê mā 記
無 siá^n 有, 顛倒 lóng 會想著 hit 個 a 姨 khû tī 灶
空前 ná hiâ^n 火 ná kap a-i 講話 ê 形影。

推薦《拋荒的故事》第四輯
「田庄囝仔紀事」
我和阿仁交往紀事

楊允言
台中教育大學台灣語文學系助理教授

1988 年，彼陣我猶是大學生，去苗栗卓蘭參加農村生活營，活動中有一个人來，伊 kā 我講伊叫陳懷沙，有參與社會運動。這个看起來瘦 koh 薄板 ê 朋友，無 tī 營隊停留 gōa 久就走 ah。

幾冬後 koh tú 著伊 ê 時，逐家叫伊阿仁，tī 眞 chōe 間學校 ê 台語文相關社團做指導老師，mā 出台語詩集。彼陣我已經 mî-nōa 做台語文 khang-khè，參與台語文社團、編台文雜誌，連後來 teh 寫碩士論文 ê 時，規粒頭殼內 lóng 猶是 teh 想台語文。

　　1994 年，第一屆台灣語言國際研討會tī台大舉辦，會議中要求大會使用華語佮英語，袂使用台語，第二工，阿仁就招幾个朋友 tī 會場門口 giàh 牌仔抗議，彼陣我 tī 台大食頭路，mā 做陣 giàh 牌仔。1995 年我結婚 ê 時，伊 koh 寫詩 kā 阮祝福。

　　我印象中 ê 阿仁，是拚命做運動 ê 人，運動包括台語文運動佮政治運動，tī 眾人頭前，伊講話有 khah 緊，有時 mā 足激動，m̄-koh 私底下佮伊做陣 ê 時，koh 感覺伊恬恬。總是，若讀阿仁 ê 作品，可能 koh 有另外一款印象，阿仁寫 ê 物件，真有台語 ê 氣口，mā chiâⁿ 有感情。

　　有好文筆 soah 無好 ê 發表園地，所以罔報出刊。阿仁 mî-nōa 寫，後來出專冊。阿仁 kā 伊細漢時 ê 點點滴滴寫落來，了後 kā 抾做伙，2000年出版《抛荒 ê 故事》。阿仁 ê 台語文創作，有詩、有散文、有小說，koh 有劇本，算是全方位 ê 台文作家。做一个台文 ê 推 sak 者，創作方面逐項我 lóng 輸伊矛矛，干焦一項贏

伊，就是我用台文寫 ê 論文比伊 khah 濟。

　　雖然是好作品，總是台語文 ê 閱讀人口有 khah 少，有影 chiaⁿ 無彩。這馬前衛出版社 kā《拋荒 ê 故事》重新出版，分做六冊，kā 每一篇文章重新整理，包括用字佮一寡語詞 ê 華文校注，koh 有錄音，按呢，對台語文 khah 無熟手 ê 朋友，就免驚看無，對台語文有趣味抑是想欲考台語認證 ê 朋友，mā 是一份真好 ê 範本。

　　過去有真久長 ê 時間，台語受著國民黨政權 ê 壓迫，in kā 咱講台語是無水準 ê 方言，tī 學校袂使講台語，若講著愛罰錢、掛狗牌，經過台灣人 ê 拍拚，總算看著拍殕仔光，2001 年開始，國校逐禮拜有一節 ê 本土語言課，雖然成果按怎 koh 有通好討論，總是第一屆受完整六冬（可惜，mā 干焦國校彼六冬）本土語言課 ê 囡仔，今年欲入大學，《拋荒 ê 故事》tī 這個關鍵 ê 時陣重新出版，是 m̄ 是對台語文 ê 發展有幫贊，予咱誠期待。

　　做一个阿仁長期 ê 讀者，我想欲感謝阿

仁，創作遮爾濟台文 ê 好作品，mā 感謝前衛出版社 ê 頭家林文欽，用心來 kā 出版，koh 欲感謝參與這部冊 ê 朋友，不管是整理文稿、行銷策劃抑是出錢出力支持 ê 人，這當中有眞濟是這馬抑是未來台語文界 ê 勇將。

　　第四冊 ê 主題是囡仔時陣，計共六篇文章，主要是阿仁做囡仔時陣發生 ê 一寡心適代。我無按算一篇一篇做導讀，予逐家猶未讀就知影結局。M̄-koh，假使你想欲知影囡仔時 ê 阿仁有 gōa giàt-siâu？按怎 kā 大人騙甲戇戇 sèh（恁敢聽過啥物號做普水雞仔度）？按怎因為純情予查某囡仔躂蹃，koh 甘願恬恬 kā 委屈吞腹內？請 mài 躊躇，CD 提出來放，kā 這本冊好好仔讀落去就著啦！

推薦《拋荒的故事》第四輯「田庄囝仔紀事」

思慕彼个美好的台灣

陳慕真

國立台灣文學館研究典藏組助理研究員

台語文學界重要 ê 作家陳明仁、Asia Jilimpo、A-jîn (阿仁)老師 ê 作品《拋荒的故事》是一本描寫 50-60 年代台灣社會 ê 散文故事集。這本作品 tī 2000 年出版，kap 阿仁老師另外一本短篇小說集《A-chhûn》（1996 年出版）kâng-khoán，攏是彼个時代 ê「台語學生」共同 ê 記智。

會記得大學時代，阮就 tī 阿仁老師負責 ê「台文 BONG 報雜誌社」學台語羅馬字，一字一字練習 bat 台語文，mā 因爲讀《拋荒的

故事》，hō 阮初初 tam 著台語文學 ê 滋味，重新 chhōe 著阮這个時代已經 lak 去 ê 台語詞，以及消失去 ê 台灣社會。後來，tī 台語生活營、tī 台文所 ê 讀冊會，阮 tiāⁿ-tiāⁿ 會用《拋荒的故事》、《A-chhûn》做台語文學 ê 見本。會使講，阿仁老師 ê 文學，陪伴阮行過青春 ê 年代。Tī 阮 ê 時代，「阿仁」就已經 khiā 在 tī 台語文學經典 ê 位置。

阿仁老師 uì 1980 年代開始投入台語文學運動，伊 ê 文學創作包含詩、散文、小說、劇本，是全方位 ê 台文作家。除去台文寫作，伊 mā 眞 phah 拚 tī 台灣母語文字化 ê 工程，tī 伊 ê 文學作品集 siōng 後壁，一定會有台灣白話字 ê 簡介，幫贊讀者學習台語文。建立用台灣語文成做主體 ê 台灣民族價值觀，是阿仁老師長期以來追求 ê 目標。

這本《拋荒的故事》第四輯，收錄〈沿路 chhiau-chhōe 囡仔時〉、〈飼牛囡仔普水雞仔度〉、〈Khioh 稻 á 穗〉、〈甘蔗園記事〉、〈十姊妹記事〉、〈來去 liàh 走馬 á〉總共六

篇作品，號做「田庄囡仔紀事」。Chiah ê 文
學作品有阿仁自傳性 ê 色彩 tī--leh，內容描寫
--ê，是作者囡仔時代 tī 草地 ê 記智。作品通篇
用「我」一个囡仔 ê 角度，chhōa 讀者 tò-tńg
去 50~60 年代 ê 中部台灣社會，感受彼時陣台
灣 ê 環境、產業、台灣人 ê 生活、個性 kap 價
值觀。

　　本冊 ùi 囡仔童眞 ê 角度，對人性提出思考
kap 觀察，mā 再現彼个時代 ê 台灣人 kap 台灣
記憶。尤其是囡仔視野中 ê 台灣女性形象，親
像〈Khioh 稻 á 穗〉ê 阿英、〈甘蔗園記事〉中
ê 阿梅、〈來去 liàh 走馬 á〉ê 阿姨 kap 細漢阿
姊。作者透過囡仔 ê 觀察，呈現出 tī 傳統、保
守 ê 農業社會 lìn，台灣女性恬靜、勞動 ê 身影
以外，所表現 ê giám-ngē、堅強 kap 樂觀，以及
女性情誼 ê 感情流動。特別是文本中，女性 ê
描寫時常連結台灣唸謠 kap 歌詩。透過台灣唸
謠、囡仔歌 ê 旋律，引 chhōa 讀者重新建立台
灣人 ê 記智，mā 形成母親（女性）、母土（台

灣) kap 母語（台語）互相連結、交纏 ê 台灣
想像。

深讀本冊 ê 每一篇散文故事，讀者會無細
膩就 tī 腦海浮出畫面。阿仁老師 gâu 講故事 ê
能力，時常 kā 文字描寫做有畫面 ê 劇情，親像
〈沿路 chhiau-chhōe 囡仔時〉內底，「請你 mài
搖椅仔」kap 兩人 tī 有星光的暗暝「跋落田岸
á 路」ê 情景。〈飼牛囡仔普水雞仔度〉lìn，
幾 nā ê 猴囡仔 thâi 水雞普度 ê 片段。以及〈甘
蔗園記事〉中，「我」kap「阿生」tī 甘蔗園 tú
著魔神 á 驚破膽 ê 過程。作者趣味、生動 ê 描
寫，hō͘ 散文立體化、劇情化，mā 成做這本冊
吸引人 ê 所在。

阿仁用回憶性 ê 敘事方式，口語化 ê 文學手
路，透過「我」純真 ê 囡仔眼光，起造一種台
灣田園 ê 人文光景，mā 再現早期台灣人共同 ê
記智──彼个 kiám-chhái 散赤、物質無 hiah 豐
富、生活無 hiah 利便，m̄-koh 自然、美好 ê 台
灣。讀者 tòe 阿仁書寫 ê 步調，親像坐慢車，

ûn-ûn-á khok 對 50~60年代，享受田庄 ê 景致，感受著素樸 ê 人性，聽著 hō͘ 人心肝會燒烙 ê 台語──思慕彼个美好 ê 台灣。

　　彼个美好 ê 台灣，彼个咱 thang 安然 khiā 起 ê 土地 kap 語言，kám 成實已經拋荒？《拋荒的故事》經過十外冬 ê 時間，taⁿ koh 再由前衛出版社用全新、專業 ê 面貌重新再版，m̄-nā 對台語文學 ê 發展有歷史性 ê 時代意義，mā hō͘ 咱看著田園 puh-íⁿ ê 新希望。

〔附錄〕

《拋荒的故事》

有聲出版計畫(共六輯)

第一輯：1.地理囡仔先
　　　　2.新婦仔變尪姨
　　　　3.改運的故事　　　　　　田庄
　　　　4.大崙的阿太佮砂礐　　　傳奇紀事
　　　　5.指甲花
　　　　6.牽尪姨

第二輯：1.愛的故事
　　　　2.濁水反清清水濁
　　　　3.顧口--的佮辯士　　　　田庄愛情
　　　　4.再會，故鄉的戀夢　　　婚姻紀事
　　　　5.來惜--仔佮罔市--仔的婚姻
　　　　6.發姆--仔對看的故事

第三輯：1.離緣
　　　　2.翕相師傅
　　　　3.紅襪仔廖添丁　　　　　田庄
　　　　4.戇清--仔買獎券著大獎　浪漫紀事
　　　　5.咖啡物語
　　　　6.山城聽古

第四輯：1.沿路搜攞囡仔時
　　　　2.飼牛囡仔普水雞仔度
　　　　3.抾稻仔穗　　　　　　田庄
　　　　4.甘蔗園記事　　　　　囡仔紀事
　　　　5.十姊妹記事
　　　　6.來去掠走馬仔
第五輯：1.乞食：庄的人氣者
　　　　2.鱸鰻松--仔
　　　　3.樂--仔的音樂生涯　　田庄
　　　　4.痟德--仔掠牛　　　　人氣紀事
　　　　5.祖師爺掠童乩
　　　　6.純情王寶釧
第六輯：1.印尼新娘
　　　　2.老實的水耳叔--仔
　　　　3.清義--仔選里長　　　田庄
　　　　4.豬寮成--仔佮阿麗　　運氣紀事
　　　　5.一人一款命
　　　　6.稅厝的紳士

台灣羅馬字音標符號及例字

聲母

合唇音	p	ph	m	b
	褒	波	摩	帽

舌尖音 (舌齒音)	t	th	n	l
	刀	桃	那	羅

舌根音	k	kh	ng	g
	哥	科	雅	鵝

舌面音	ts	tsh	s	j
	憎 之	燥 痴	挲 詩	如 字

喉　音	h
	和 好

韻母

主要母音	a	i	u	e	o(ə)	oo(o)
	阿	衣	于	挨	蚵	烏

鼻聲主母音	ann	inn		enn	onn	
	餡	圓		嬰	唔	

複母音	ai	au	ia	iu	io	(ioo)
	哀	歐	野	憂	腰	喲
	ua	ui	ue	uai	iau	
	娃	威	鍋	歪	夭	

鼻聲複母音	ainn	aunn	iann	iunn	ionn	
	偕	懊	營	鴦	羊	
	uann	uinn	uenn	uainn	iaunn	
	碗	○	○	歪	喵	

入聲韻母 p t k	ap	at	ak	ip	it	ik
	壓	遏	握	揖	一	億
	op	ut	ok	iap	iat	iak
	○	鬱	惡	葉	謁	○
		uat	iok			
		越	約			

入聲韻母 h	ah	ih	uh	eh	oh	ooh
	鴨	噎	噎	厄	偓	喔
	auh	iah	uah	ueh	ioh	iuh
	○	挖	哇	喂	臆	○
	annh	innh	ennh	onnh	mh	ngh
	○	○	○	○	○	○

韻尾母音

am	an	ang	im	in	ing
庵	安	尪	音	因	英
om	un	ong	iam	ian	iang
掩	溫	翁	閹	煙	央
	uan	uang			iong
	彎	嚾			勇
m		ng			
姆		黃			

聲調

1	2	3	4	5	6	7	8
第一聲	第二聲	第三聲	第四聲	第五聲	第六聲	第七聲	第八聲
	ˊ	ˋ		ˆ		-	|
獅	虎	豹	鱉	牛	馬	象	鹿
sai	hóo	pà	pih	gû	bé	tshiūnn	lȯk
am	ám	àm	ap	âm	ám	ām	ȧp
庵	泔	暗	壓	醃	泔	頷	盒

in	ín	ìn	it	în	ín	īn	i̍t
因	允	印	一	寅	允	孕	一(tsit)
ong	óng	òng	ok	ông	óng	ōng	o̍k
翁	往	盎	惡	王	往	旺	○

變調

雞	鳥	燕	鴨	鵝	馬	蟹	鶴
ke	tsiáu	iàn	ah	gô	bé	hē	ho̍h
↓	↓	↓	↓	↓	↓	↓	↓
kē	tsiau	ián	a̍h	gō	be	hè	hò(h)
母	翼	窩	頭	肉	面	管	齡

徵求 2300位 <small>(台灣萬人之一)</small>

開先鋒、擗頭旗的本土有心有緣人士！
◎「友情贊助」預約全六輯 3000元

感恩「友情贊助」《拋荒的故事》CD書全六輯

陳麗君老師	張淑真會長	李林坡先生	江永源先生
劉俊仁先生	蔣為文教授×2	蔡勝雄先生	郭茂林先生
陳榮廷先生	黃阿惠小姐	葉明珠小姐	陳勝德先生
王立甫先生	楊婷鈞小姐	丁連宗先生	李淑貞小姐
馮文信先生	林鳳雪小姐×5	劉建成總經理×2	謝明義先生×20
陳新典先生	郭敬恩先生	江清琮先生	莊麗鳳小姐
徐炎山總經理	陳宗智總經理	倪仁賢董事長	陳豐惠小姐
王海泉先生	許慧如老師	簡俊能先生	李芳枝女士
許壹郎先生	杜秀元先生	呂理添先生	張邦彥副理事長
陳富貴先生	林綉華女士	陳煜弦先生	曾雅禎小姐
楊飛龍先生	劉祥仁醫師×2	林松村先生	李遠清先生×2
陳雪華小姐	陸慶福先生	周定邦先生	陳奕瑋先生
葉文雄先生	黃義忠先生	邱靜雯小姐	徐義鎮先生
褚妏鈺經理	邱秀鈴小姐	蔡文欽先生	忠　義先生
謝慧貞小姐	林清祥先生	鄭詩宗先生	張復聚先生×8
陳遠明先生	賴文樹先生	吳富炰博士	王寶根先生
柯巧莉醫師			

台語復興、台文起動的時代來了，
您，就是先知先覺的那一位！

【台灣經典寶庫】出版計畫

台灣人當知台灣事,這是台灣子民天經地義的本然心願,也是進步台灣知識份子的基本教養。只是一般台灣民眾對於台灣這塊苦難大地的歷史認知,有人渾然不覺,有人習焉不察,而且歷史上各朝代有關台灣史料典籍汗牛充棟,莫衷一是,除非專業歷史研究者,否則一般民眾根本懶於或難於入手。

因此,我們堅心矢志為台灣整理一套【台灣經典寶庫】,留下台灣歷史原貌,呈現台灣山川、自然、人文、地理、族群、語言、政治、經濟、社會、文化、風土、民情等沿革演變的真實記錄,此乃日本學者所謂「台灣本島史的真精髓」,正可顯現台灣的人文深度與歷史厚度。

做為台灣本土出版機關,【台灣經典寶庫】是我們初心戮力的出版大夢。我們相信,這套【台灣經典寶庫】是恢弘台灣歷史文化極其珍貴保重的傳世寶藏,是新興台灣學、台灣研究者必備的最基本素材,也是台灣庶民本土扎根、認識母土的「台灣文化基本教材」。我們的目標是,每一個台灣人在一生當中,至少要讀一本【台灣經典寶庫】;唯有如此,世代之間才能萌生情感的認同,台灣文化與本土意識才能奠定宏偉堅實的基石。

目前已出版

福爾摩沙紀事:
馬偕台灣回憶錄
FC01／馬偕著／林晚生譯／鄭仰恩
校註／384頁／360元

田園之秋(插圖版)
FC02／陳冠學著／何華仁繪圖／全
彩／360頁／400元

素描福爾摩沙:
甘為霖台灣筆記
FC03／甘為霖著／阮宗興校訂／林
弘宣等 譯／424頁／400元

福爾摩沙及其住民－
19世紀美國博物學家的
台灣調查筆記
FC04／史蒂瑞著／李壬癸校訂／
林弘宣譯／306頁／300元

歷險福爾摩沙:回憶在
滿大人、海賊與「獵頭
番」間的激盪歲月
FC05／必麒麟著／陳逸君譯／劉
還月導讀／320頁／350元

被遺誤的台灣:
荷鄭台江決戰始末記
FC06／揆一著／甘為霖英譯／許
雪姬導讀／272頁／300元

南台灣踏查手記:
李仙得台灣紀行
FC07／李仙得著／黃怡漢譯／陳
秋坤校註／272頁／300元

即將出版:《蘭大衛醫生媽福爾摩沙故事集:風土、民情、初代信徒》

進行中書目: 井上伊之助《台灣山地醫療傳道記》(尋求認養贊助出版)

甘為霖 (William Campbell)《荷治下的福爾摩沙》(尋求認養贊助出版)

黃昭堂《台灣總督府》(尋求認養贊助出版)

王育德《苦悶的台灣》(尋求認養贊助出版)

山本三生編《日本時代台灣地理大系》(尋求認養贊助出版)

【台灣經典寶庫】07

李仙得台灣紀行

南台灣踏查手記

FC07／李仙得著／黃怡漢譯／陳秋坤校註／272頁／300元

原著李仙得 Charles W. LeGendre《Notes of Travel in Formosa》（1874）
校註者／陳秋坤（史丹福大學博士・中研院台史所研究員退休）

南台灣踏查手記

Charles W. LeGendre
Robert Eskildsen （丹麥哲記・在日本進修哲學博士）
黃怡 漢譯 陳秋坤 （美國史丹福大學博士・中研院台灣史研究所研究員 退休）

※ 特別感謝：本書承財團法人世聯倉運文教基金會董事長
　　　　　　　黃仁安先生認養贊助出版。

財團法人世聯倉運文教基金會近年持續投入有關蒐集及保存早期台
灣文獻史料的工作。機緣巧合下，得知前衛出版社擬節譯李仙得原
著《台灣紀行》（Notesof Travel in Formosa，1874）第 15～25 章，首
度以漢文形式出版，書名定為《南台灣踏查手記》。由出版宗旨
與基金會理念相符，同時也佩服前衛林社長堅持發揚台灣本土文化
的精神，故參與了本書出版的認養。

希望這本書引領我們回溯過往，從歷史的角度，進一步認識我們的家鄉台灣；也期盼透過歷史的觀察，
讓我們能夠以更客觀、更包容的態度來面對未來。

財團法人世聯倉運文教基金會　董事長 黃仁安

19 世紀美國駐廈門領事李仙得，被評價為「可能是西方涉台事務史上，最多采多姿、最具爭議性的人物」

李仙得在 1866 年底來到中國廈門，其領事職務管轄五個港口城市：廈門、雞籠（基隆）、台灣府（台南）、淡水和打狗（高雄）。不久後的 1867 年 3 月，美國三桅帆船羅發號（Rover）在台灣南端海域觸礁失事，此事件成為關鍵的轉折點，促使李仙得開始深入涉足台灣事務。他在 1867 年 4 月首次來台，之後五年間，前後來台至少七次，每次除了履行外交任務外，也趁機進行多次旅行探險，深入觀察、記錄、拍攝台灣社會的風土民情、族群關係、地質地貌、鄉鎮分布等。1872 年，李仙得與美國駐北京公使失和，原本欲過境日本返回美國，卻在因緣際會之下加入日本政府的征台機構。日本政府看重的，正是李仙得在台灣活動多年所累積的縝密、完整、獨家的情報資訊。為回報日本政府的知遇之恩，李仙得在 1874 年日本遠征台灣前夕，撰寫了分量極重的「台灣紀行」，做為獻給當局的台灣報告書。從當時的眼光來看，這份報告絕對是最權威的論述；而從後世台灣人的角度來看，撇開這份報告背後的政治動機不談，無疑是重現 19 世紀清領時代台灣漢人地帶及原住民領域的珍貴文獻。

李仙得《南台灣踏查手記》內容大要

李仙得因為來台交涉羅發號事件的善後事宜（包括督促清兵南下討伐原住民、與當地漢番混生首領協商，以及最終與瑯嶠十八番社總頭目卓杞篤面對面達成協議等），與當時島上的中國當局（道台、總兵、知府、同知等）、恆春半島的「化外」原住民（豬朥束社頭目卓杞篤、射麻里頭目伊厝等）、島上活躍洋人（必麒麟、萬巴德、滿三德等）及車城、社寮、大樹房等地漢人混生（如彌亞）等皆有親身的往來接觸。這些經歷，當然也毫無遺漏地反映在李仙得「台灣紀行」之中。

它所訴說的，就是在 19 世紀帝國主義脈絡下，台灣南部原住民與外來勢力（清廷、西方人）相遇、衝突與交戰的精彩過程。透過本書，我們得以窺見中國政府綏靖南台灣（1875，開山撫番）之前的原住民社會，一幅南台灣生活的生動影像。而且，一改過往的視角，在中國政府與西方的外交衝突劇碼中，台灣原住民不再只是舞台上的小道具，而是眾人矚目的主角。

國家圖書館出版品預行編目資料

拋荒的故事. 第四輯, 田庄囡仔紀事 / 陳明仁原
著；蔡詠淯漢字改寫. -- 初版. -- 台北市：前
衛, 2013.10
264面；13×18.5公分

ISBN 978-957-801-723-8(平裝附光碟片)

863.57   102020629

拋荒的故事
第四輯, 田庄囡仔紀事

原　　著　Asia Jilimpo 陳明仁
漢字改寫　蔡詠淯
中文註解　蔡詠淯　陳豐惠　陳明仁
插　　畫　林振生
美術設計　大觀視覺顧問
內頁排版　宸遠彩藝
責任編輯　陳豐惠
出 版 者　前衛出版社
　　　　　10468 台北市中山區農安街153號4F之3
　　　　　Tel：02-25865708　Fax：02-25863758
　　　　　郵撥帳號：05625551
　　　　　e-mail：a4791@ms15.hinet.net
　　　　　http://www.avanguard.com.tw
出版總監　林文欽
法律顧問　南國春秋法律事務所林峰正律師
總 經 銷　紅螞蟻圖書有限公司
　　　　　台北市內湖舊宗路二段121巷28、32號4樓
　　　　　Tel：02-27953656　Fax：02-27954100
出版日期　2013年10月初版一刷

定　　價　1書2CD新台幣600元

＊「前衛本土網」http://www.avanguard.com.tw
＊ 加入前衛facebook粉絲團，上網搜尋「前衛出版社」，並按"讚"。
⊙更多書籍、活動資訊請上網輸入關鍵字"前衛出版"或"草根出版"。